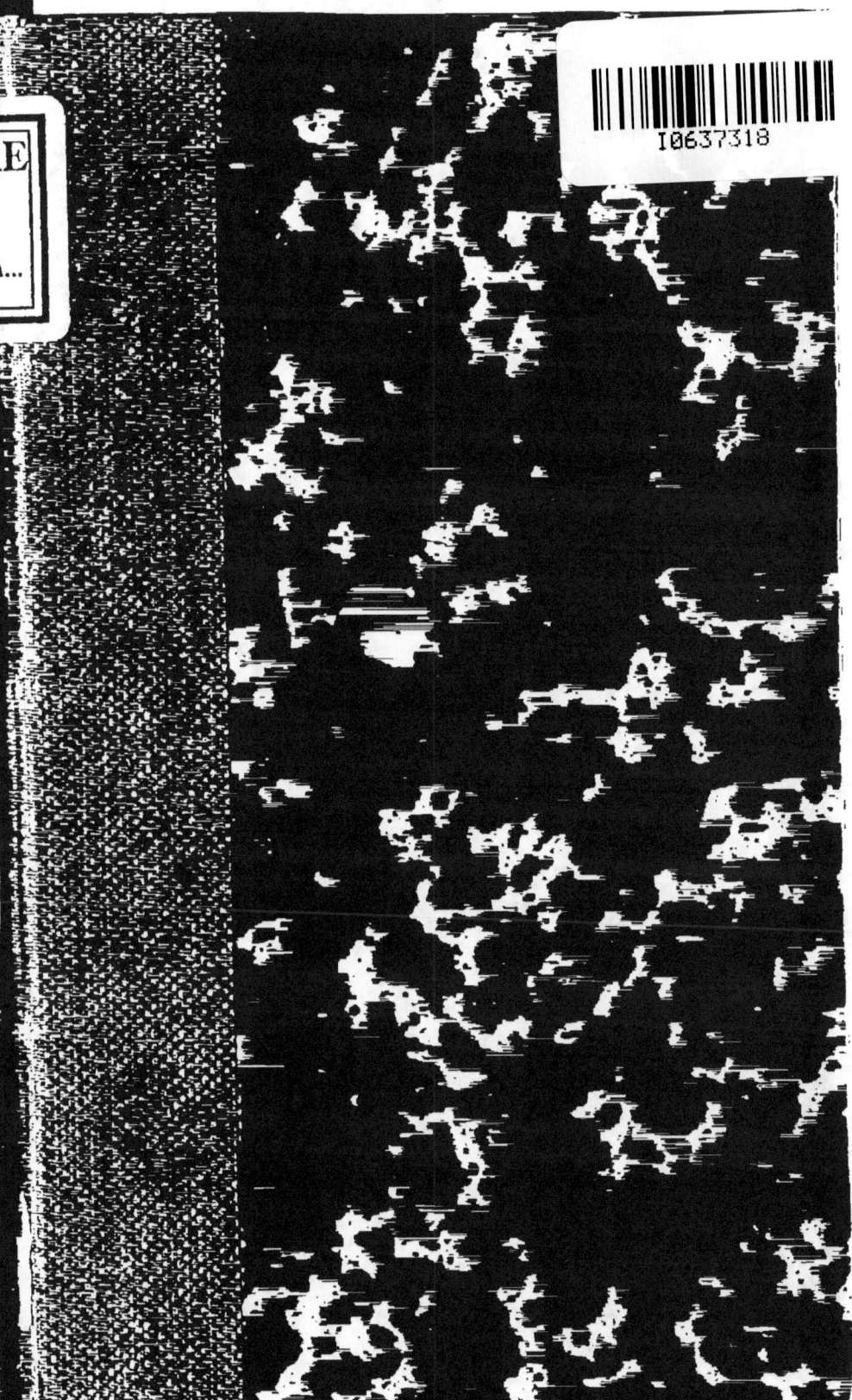

LORENZO.

1.re PARTIE.

En gravant les mots sur cette Croix, tu te souviendras que la souffrance est le chemin du Ciel.

Lorenzo,

ou

L'empire de la Religion.

Par un *non-conformiste* Écossais qui a embrassé
la Foi catholique.

> « Notre ame est un rayon de lumière et d'amour,
> « Qui, du foyer divin détaché pour un jour,
>   De désirs dévorans, loin du ciel consumée,
> « Brûle de remonter à sa source enflammée.
>
> Alp. de Lamartine.

LILLE.

L. LEFORT, IMPRIMEUR-LIBRAIRE,
RUE ESQUERMOISE, 55.
1833.

AVIS DES EDITEURS.

❀

Lorenzo a paru aux éditeurs de la nouvelle Bibliothèque catholique, sortir du cercle qu'ils se sont tracé. Ils avoient d'abord formé le projet de publier cet ouvrage séparément ; mais, après mûre réflexion, voulant en faire jouir leurs souscripteurs, ils se sont déterminés à le joindre à la collection, laissant, au discernement de chacun, le soin d'apprécier à quelle classe de lecteurs il peut convenir.

L'auteur, qui, en embrassant la Foi catholique, a compris combien notre sainte Religion est grande et sublime, combien elle peut inspirer de généreux dévouemens et d'actions héroïques, a donné dans son ouvrage un libre cours à l'ardeur de son imagination, à la vivacité de ses pensées et aux sentimens qui inondoient son ame; leur beauté, leur noblesse, leur générosité, nous ont constamment émus, et nous ont fait voir combien les actions les plus extraordinaires peuvent paroître naturelles, quand elles sont inspirées par la charité chrétienne.

Puissent tous ceux qui liront cet ouvrage, entrer dans les vues de l'auteur, voir comme lui, à travers le tissu d'événemens dont il a enveloppé son récit, le prix inestimable d'une ame; le bonheur d'être appelé à la vraie Foi; la grandeur de la Religion catholique et son inépuisable fécondité à produire les vertus !

Alors, nous nous appliquerons tous à nous pénétrer de plus en plus de l'esprit du christianisme, et à conformer, dans la situation où la divine Providence nous a placés, notre conduite à la sainteté de notre croyance ; alors, nous dirons avec l'auteur de *Lorenzo* : « Le » vrai chrétien est un ange sur la terre ; » il jouit ici-bas d'une béatitude antici- » pée, au milieu même des épreuves » et des vicissitudes de la vie. Heureux, » le véritable enfant de l'Eglise ! mais, » malheureux, mille fois malheureux, » celui qui n'en a que le nom ! »

Nota. Le mot *non-conformiste*, traduit littéralement de l'anglais, se donne à une classe d'individus très-nombreux dans la Grande-Bretagne, qui refusent de se conformer à aucune des sectes qu'on y professe, et qui, assez éclairés pour en découvrir la fausseté, n'ont pas cependant la sagesse et la grâce divines, qui peuvent seules faire chercher, trouver et embrasser la véritable religion.

Lorenzo.

※-❦-※

MYLORD SEYMOUR AU SIGNOR ALPHONSE
DE MANCINI.

Bayonne, 16 Juillet.

Rendez grâces à ce Dieu de bonté, qui veille sur les enfans de son amour éternel. Félicitez-moi, et partagez la sainte joie qui remplit mon ame. Oui, cher Alphonse, votre ami est rendu à la vérité, rentré dans le sein de l'Eglise, et digne enfin de vous être uni pour toujours.

1

Vous m'avez laissé indécis, irrésolu, à demi convaincu ; en arrivant ici je me trouvai plus ébranlé que jamais. La Providence voulut que j'eusse une lettre à remettre au gardien d'un couvent de Saint-François, je logeai au monastère ; la vue de ces saints religieux acheva l'ouvrage que vous aviez si heureusement commencé.

Un bonheur que je n'osois pas même espérer, m'attendoit dans cette solitude ; j'y retrouvai Sidney, cet enfant d'une sœur chérie, que j'avois tant pleuré et que je croyois ne plus jamais revoir. Ma joie ne fut pas troublée en le voyant catholique et religieux ; il a vingt-sept ans ; il y en a huit qu'il s'est consacré au Seigneur dans cette retraite.

Le récit des événemens qui ont partagé sa vie, et des grâces qui l'ont amené ici, m'a vivement ému. Vous en serez aussi touché que moi, et vous bénirez la mémoire de ceux qui ont ramené au bercail des brebis égarées, et qui aujourd'hui, nous devons l'espérer, font partie du peuple saint.

Voilà deux mois écoulés depuis le jour de mon abjuration, deux mois de paix et de bonheur. Adieu, j'ai retardé ma lettre afin d'y joindre le récit de Sidney, que voici. Priez pour m'obtenir le don de persévérance. Je ne dois pas vous dire que votre religion en devenant la mienne, a resserré et rendu plus forts et plus indissolubles les liens qui vous attachoient déjà

Votre véritable ami,

Seymour.

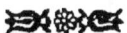

RÉCIT DE SIDNEY.

༺༻

*Histoire de sa conversion à la religion
catholique, apostolique et romaine.*

ADRESSÉ AU LORD SEYMOUR.

Vous vous rappelez, qu'au sortir de
l'université d'Oxford après avoir reçu vos
adieux, vos sages conseils, et toutes les
recommandations, que vous jugeâtes nécessaires pour mon bonheur, je partis avec
mon tuteur, le marquis Arthur de Rosline,
auxquels vos soins m'avoient confié, pour
le suivre dans ses voyages.

Nous traversâmes rapidement la France.

J'aimois l'étude ; je lisois beaucoup ; je parcourois les lieux les plus remarquables, prenant des notes, dessinant, ne cherchant qu'à m'instruire, et me livrant peu aux plaisirs, que, de temps en temps, mon guide croyoit devoir m'accorder, pour faire diversion à mon penchant pour les sciences.

Cependant mon esprit s'éclairoit, et mon cœur restoit aride, et privé de l'aliment que l'âge lui rendoit tous les jours plus nécessaire, je veux dire le sentiment, la réflexion, le combat des inclinations et des passions naissantes.

Aimable, instruit, mais trop occupé par sa qualité de ministre, pour être beaucoup à moi, le marquis me laissoit une liberté dont j'aurois pu abuser. Je n'avois encore éprouvé ni peines, ni plaisirs ; je n'avois ni amis, ni confident ; je sentois le vide de cette privation, sans définir ce qui me manquoit. Celui qui a toujours les yeux sur les ouvrages de ses mains, ne m'avoit pas oublié.

Notre tournée sur le continent étoit terminée, nous allions nous rembarquer pour l'Angleterre au port de T..... Le marquis m'invita à venir visiter avec lui une galère ;

son dessein étoit de profiter du droit que lui donnoit sa position pour délivrer un des forçats, s'il s'en trouvoit qui le méritasse. Nous la parcourûmes avec un grand détail; il demanda à plusieurs les raisons qui les avoient fait mettre aux fers. Tous étoient, à les entendre, victimes des plus noires injustices, et je ne pouvois m'empêcher de sourire en voyant avec quelle prétendue bonne foi ces malfaiteurs nous mentoient effrontément.

Un d'eux placé dans un coin et fort occupé à de petits ouvrages de pailles entrelacées, ne prenoit aucune part à ce qui se passoit, nous nous en approchâmes, il ne leva pas la tête. Il pouvoit avoir 22 à 23 ans; sa physionomie étoit distinguée et touchante.

« Si jeune, dit le marquis, quelle belle » action t'a conduit en ce lieu?... » Il n'obtint aucune réponse. « Il est aveugle, dit un » de ceux qui nous conduisoient, c'est une » peine de ses crimes... » — « Si coupable » à cet âge, m'écriai-je avec un profond » sentiment de surprise et de compassion ! »

Un demi sourire entr'ouvrit les lèvres du captif; mais il ne parut éprouver aucune émo-

tion...—« Comment pouvez-vous si bien tra-
» vailler sans y voir, demanda le marquis ?
» — Un Dieu infiniment bon, dit-il, nous
» offre des ressources et des consolations,
» là même où il paroît y avoir le plus grand
» abandon de sa Providence. Il nous rend
» d'un côté ce qu'il nous enlève de l'autre,
» et il n'y a pas un seul de ces infortunés
» qui soit aussi heureux que moi; que dis-
» je, il y a peu d'hommes sur la terre.....

— « C'est un bonheur qui ne fait envie
» à personne, dit le marquis en riant. —
» Non, sans doute, parce qu'on ne le
» connoît pas; la source inépuisable de mes
« jouissances s'augmente du secret qui les
» enveloppe...... Mais, vous êtes anglais,
» ajouta le captif, d'une voix un peu émue,
» le marquis de Rosline est-il déjà ici ?....

— « C'est lui qui vous parle, reprit-il,
» le connoissez-vous ?.....

— « Pas personnellement; mais ce nom
» m'est cher, et me doit l'être..... »

Il s'arrêta; une vive rougeur couvrit son
front; il baissa sa tête sur sa poitrine et
continua de travailler.

— « De quel pays est donc ce jeune
» homme, demanda lord Arthur, qu'a-t-il

» fait ? quel est son nom ? — On l'appelle
» communément ici *Lorenzo*, répondit un
» des directeurs ; et, comme il a été envoyé
» d'une autre galère , on ne connoît ni son
» pays ni la nature de ses délits, objets sur
» lesquels il garde un silence obstiné. Du
» reste , il est d'une douceur inaltérable :
» toujours en paix , il apaise souvent les
» divisions qui s'élèvent parmi ses compa-
« gnons. Il travaille sans cesse , dort à
⚓ peine , et prend très-peu de nourriture.
» Son humeur, toujours la même, est assez
» gaie ; il prie beaucoup , et chante pres-
» que continuellement des cantiques et des
» hymnes ; il est fort aimé de ses cama-
» rades , malgré qu'il ne prenne jamais
» parti avec eux , dans les petites séditions
» ou les murmures. »

Mes regards demandoient à lord Arthur
de le délivrer ; il sourit, et, se rapprochant
du forçat. — « La liberté augmenteroit-
» elle ton bonheur ? — Ma félicité ne dé-
» pend plus de l'inconstance des événemens.
» Libre ou chargé de fers, je serai dans les
» mêmes mains , sous le même Maître ,
» sous la même protection.

— « Mais si je brise vos chaînes, reprit

» le marquis, que je vous garde près de
» moi, vous ne dépendrez en rien de ceux
» qui ont aujourd'hui pouvoir sur vous, et
» votre vie ne seroit-elle pas plus agréable ?
» — Elle seroit embellie par le sentiment
» de la reconnoissance, dont le charme
» n'est pas médiocre pour une ame sus-
» ceptible de s'y livrer avec ardeur.

Ce peu de mots qu'il ajouta avec feu me
découvrirent de grandes qualités dans un
cœur qui sembloit s'étudier à tout renfermer en lui-même. — « Etes-vous ici depuis
» long-temps, interrompis-je, et n'avez-
» vous jamais eu d'amis ?.... » Il garda un
morne silence; puis, avec un profond soupir:
« Vous croyez sans doute que ce séjour est
» inaccessible à ce doux sentiment. Mais
» quand l'Etre compatissant et miséricor-
» dieux qui veille sur les siens, a rendu
» l'amitié nécessaire aux angoisses de la
» douleur, il sait l'introduire dans le ré-
» duit du crime, comme sur le trône,
» dans les plus obscurs cachots comme au
» milieu d'un palais. C'est même alors
» qu'elle est plus pure et plus héroïque....
» Qui peut résister au Tout-Puissant, et qui
» oseroit mettre des bornes à sa bonté et à

» son amour ! Oui !.... j'eus un ami, et
» l'idée de sa félicité est un baume que
» Celui qui me l'a enlevé, a placé sur la
» profonde blessure que sa perte a faite à
» mon cœur..... Je ne l'ai pas perdu ! il
» m'a devancé dans les régions du bonheur
» éternel !.... »

En achevant ces mots, il leva par une
sorte d'habitude, des yeux chargés de
larmes, vers ce ciel qu'il ne voyoit plus,
mais que sans doute l'imagination et le souvenir lui rendoient présent. Ses yeux avoient
conservé une beauté et une vivacité éton-
nante ; il n'étoit privé que de la vue,
comme ceux qui ont perdu ce sens par suite
d'un éclair ou d'un coup de feu.

— « Je crois, dit le marquis, qu'avec
» une ame comme la vôtre, le mal n'a été
» que passager, bien irréfléchi et profon-
» dément expié par le repentir ?

— « L'homme qui ne pleure pas ses fautes
» n'a point de vrai bonheur à espérer dans
» une meilleure vie.

— « Il y a des fautes et des crimes, reprit
» lord Arthur en souriant. Tout homme
» commet les premiers ; et la justice de la
» terre ne s'étend pour l'ordinaire que sur

les derniers. — Sans doute, mylord ; mais ceux qui l'exécutent ne savent pas souvent ce qu'ils font. Un bras plus puissant qui les conduit, dispose du sort du coupable et de l'innocent. Celui qui m'a mis ici savoit seul ce qu'il faisoit. » Puis, après une longue pause, Lorenzo reprit : « Voudriez-vous bien me dire si le comte de Walsingham est mort catholique ?

Le marquis de Rosline fronça légèrement le sourcil. — « Oui, le connoissez-vous ? Il a abjuré sa religion, mais au lit de la mort. Il s'est laissé séduire par son épouse; il n'avoit guère sa volonté libre. — Mais son fils Henry étoit déjà converti ; vit-il encore ? — Il est actuellement établi au château de Walsingham ; il est marié et il a deux ou trois enfans.

— « Dieu puissant, s'écria vivement le prisonnier, voilà ton ouvrage, ta clémence !.... ta miséricorde ! et je me croirois malheureux !.... Grâces à jamais te soient rendues !.....

— « Vous vous intéressez tant à Henry de Walsingham, reprit le marquis, connoissez-vous donc toute ma famille ?.....»

Il n'obtint pas de réponse.

Un moment après, Lorenzo s'approchan
davantage et baissant la voix : « Mylord
» dit-il , si votre projet est d'avoir compas-
» sion d'un des|infortunés condamnés dan
» ce séjour à l'opprobre et à la douleur,je n
» dois pas être l'objet de votre bienfaisance
» Que m'importe le lieu que j'habite , e
» que peut-il sur mon bonheur ? je puis m
» figurer un séjour délicieux , comme un
» vaste solitude , puisque rien n'est plu
» pour moi, qu'imagination et souvenir
» Ma conversation n'est plus sur la terre
» inconnu, et décidé à l'être toujours ; le
» bontés , qui ne me sont pas nécessaires
» pourront sauver une ame du désespoir
» ou des écueils de la contagion du crime.
— « Y a-t-il donc quelqu'un de ces ma
» heureux dont la situation mérite et réclam
» de prompts secours ? — Comme il n'y
» que huit mois que je fus transféré ici, je n
» connois pas tous mes compagnons ; ma
» parmi ceux qui changèrent de demeu
» avec moi, il s'en trouve un qui n'a con
» mis aucun crime; il porte les fers d'u
» homme du monde , riche et puissant
» qui , parvenu à assoupir le bruit de s
» désordres , s'est fait remplacer ici par u

» honnête artisan , moyennant une somme
» de 5o livres sterling , qu'il donne chaque
» année à sa famille nombreuse et dans la
» misère. L'Eternel vous a accordé de la
» fortune , le pouvoir et une belle ame ;
» délivrez donc cet homme , qui , jusqu'ici
» sans reproche , peut se laisser corrompre
» par l'exemple dangereux des criminels ,
» auxquels le malheur l'associe ; sauvez sa
» famille en lui assurant une honnête exis-
» tence ; vous aurez fait des heureux et le
» ciel vous récompensera. Je ne vous par-
» lerai pas de la jouissance que vous éprou-
» verez ; vous avez un cœur, et vous
» savez déjà par expérience , que toutes
» les peines auxquelles notre fragile huma-
» nité est exposée , ne sont pas capables
» de détruire entièrement le charme du
» souvenir d'une bonne action. »

Le marquis étoit aussi pénétré que moi,
de l'admiration et de la surprise que lui causoit la conduite de cet étrange criminel. Il
fit appeler Robert , c'étoit le forçat en question ; il lui demanda si tout ce qu'il venoit
d'apprendre étoit vrai , et ajouta : « J'avois
» dessein de briser les fers de ce jeune
» homme , mais il me supplie de te donner

2

» la préférence ; je vais prendre des infor-
» mations sur ta famille ; et, si tout est vé-
» ritable, je t'assure une pension de 25
» livres sterling, sois honnête homme et
» prie pour la prospérité de l'Angleterre. »
Robert se jeta aux pieds du marquis de
Rosline qui le prit à part, et lui demanda
s'il ne connoissoit pas quelques circonstances de la vie de Lorenzo. — « Je n'ai
» jamais vu en lui qu'un ange de paix
» et de consolation ; il étoit déjà captif
» quand je vins partager son sort, il y a
» environ 27 mois, à Bayonne. Un prêtre
» catholique, le signor dom Silva, neveu
» du gouverneur, visitoit souvent les galé-
» riens, et témoignoit une affection et une
» estime toute particulière à Lorenzo. Il le
» confessoit, et venoit presque tous les jours
» lui faire une lecture, pendant qu'il tra-
» vailloit. Voilà 19 mois qu'il est mort,
» Lorenzo fut conduit près de lui, et reçut
» ses derniers soupirs ; il tomba alors dans
» un état si alarmant, que le gouverneur
» le fit partir pour cette ville, afin que le
» changement d'air et de demeure le réta-
» blit, je fus du nombre de quelques autres
» prisonniers qui furent transférés avec lui. »

Lord Arthur me regarda d'un air indécis.
— « Si je délivre Lorenzo et que je l'em-
» mène avec nous, son état demande des
» soins que nous ne serons pas à même de
» lui donner ; il est vrai que je puis le placer
» dans un hospice ?... » Je saisis vivement
la main du marquis. — « Mylord, vous ne
» m'avez jamais rien refusé ; mais aussi je
» n'ai encore rien demandé à votre ten-
» dresse : accordez-moi donc aujourd'hui
« la liberté de cet étrange coupable, et
» donnez-le-moi tout-à-fait ; que je puisse
» le garder avec moi et chez moi, je vous
» promets qu'il ne me sera jamais à charge,
» j'en prendrai soin, et vous verrez que nous
» n'aurons pas lieu de nous en repentir.

Lord Arthur sourit, et m'accorda ma
demande ; il pria le gouverneur, qui étoit
son ami particulier, de faire conduire Lorenzo chez lui, de lui donner d'autres vêtemens convenables, et il convint que nous
l'enverrions chercher vers le soir. Ensuite
il donna 20 guinées à Robert pour son
voyage, et s'approchant de Lorenzo. —
« Mon pupille veut faire ton bonheur et te
» garder près de lui, je t'emmène donc avec
» nous. » — « Cette générosité n'a rien qui

» me surprenne de la part de lord Arthur,
» dit Lorenzo avec une émotion visible. »

En ce moment, Robert vint lui dire
adieu, et lui exprimer sa vive gratitude.
Lorenzo jeta ses bras autour de lui avec
transport. — « Soyez heureux, Robert,
» souvenez-vous de dom Silva et de ses con-
» seils, ne vivez plus pour ce monde, mais
» pour cette vie future qui ne doit point
» finir, et priez, ah ! je vous en conjure,
» pour l'homme généreux qui vous rend la
» liberté. Si vous pensez encore à Lorenzo,
» demandez au Tout-Puissant la conversion
» d'Arthur.... Priez aussi pour moi ; hélas !
» ajouta-t-il tristement, je quitte une exis-
» tence uniforme et paisible pour une vie
» de combats et peut-être de tribulations ;
» je sais tout ce qui m'attend en Angleterre,
» et dans la famille du marquis de Ros-
» line.... »

J'entendis seul cette conversation, le
marquis étant occupé avec le gouverneur.
Je ne la lui rapportai pas ; nous partîmes ;
et, vers le soir, lord Arthur qui vouloit
faire encore une visite au gouverneur vint
lui-même avec moi chercher Lorenzo.

Je lus sur le visage du prisonnier qu'il

avoit pleuré et souffert. « Seroit-il donc
» possible, lui dis-je à demi-voix, qu'en
» voulant vous rendre plus heureux, nous
» troublions votre félicité ? » Il serra ma
main. « Mon cœur, dit-il, ne peut suffire
» ni à sa reconnoissance, ni aux sentimens
» qui le partagent. »

Le gouverneur causoit avec lord Arthur ;
il me dit ensuite : « Vous auriez été ému si
» vous eussiez été témoins des adieux de
» Lorenzo et de la douleur de ses compa-
» gnons ; il y a encore de la sensibilité dans
» cette classe d'êtres que l'on croiroit entiè-
» rement dégradés. »

Une vive rougeur couvrit le front de
Lorenzo, qui garda le silence. Nous quit-
tâmes l'hôtel du gouverneur, et nous allâmes
droit au navire, où le marquis, nous laissant dans un appartement qui nous étoit
destiné, alla donner les ordres nécessaires
à notre voyage. Lorenzo paroissoit absorbé
dans ses réflexions ; craignant qu'il ne fût
pas satisfait de son changement de destinée,
j'employai, pour lui exprimer mes craintes,
toute la délicatesse et les égards que m'im-
posoient sa situation et son caractère ; car
j'avois déjà découvert en lui des sentimens

élevés et une grandeur d'ame peu commune,
qui ne me permettoient pas de le traiter
comme un homme ordinaire.

Il parut fort ému de mon entretien ; et,
s'étant informé si nous étions seuls , il me
demanda si nous n'allions pas en Ecosse ;
puis , sur mon affirmative. — « Il y a tant
» de personnes que je n'y puis revoir ,
» ajouta-t-il , que je suis réduit à regretter,
» par raison , un changement qui , sous des
» rapports personnels , me seroit si précieux
» et si doux ; mais , continua-t-il avec feu ,
» qui peut vous porter à répandre la conso-
» lation dans mon ame ?... Qui peut vous
» engager à garder près de vous un homme
» à charge à l'univers ?... La curiosité ou la
» nouveauté ? Oh ! mylord , je puis le sup-
» poser sans vous blesser ; à votre âge, le
» premier mouvement d'un bon cœur , et
» les petits intérêts de diversion qu'on ne
» démêle pas alors , sont capables d'inviter
» un jeune homme à s'attacher à un infortuné,
» dont quelques mois après il s'estimera
» heureux d'être débarrassé. » Il appuya sa
main sur son front. « Quel autre que toi ,
» dom Silva , pouvoit s'intéresser à moi ?...
» Quel autre aimera jamais Lorenzo ?... Au

» reste, ajouta-t-il tout bas, sur le rivage
» de sa patrie, comme en Espagne, comme
» en France, Lorenzo abandonné sera tou-
» jours entre les mains de la Providence !... »

Les pleurs couvroient son visage ; mon
cœur étoit brisé. — « Connoissez mieux
» Sidney, m'écriai-je, et croyez que s'il ne
» peut adoucir vos peines, s'il n'est pas
» digne de les connoître, rien ne pourra du
» moins lui ôter la consolation de les parta-
» ger. D'ailleurs, vous n'avez rien à redou-
» ter de votre séjour en Ecosse ; vous n'y
» recevrez que ceux que vous désireriez
» recevoir ; votre appartement sera chez
» moi, et inaccessible sans votre aveu ;
» moi seul viendrai distraire votre solitude,
» et passer mes instans les plus heureux
» près de vous. »

— « Jeune homme, que ton langage est
» aimable ! et qu'il peint bien le bon cœur
» et le généreux dévouement qui caracté-
» risent le loyal Ecossais ! Mais bientôt tes
» généreux sentimens seront réformés par
» les règles de la froide raison et par les
» personnes qui ont pouvoir sur toi. Mon
» bienfaiteur, oui, Arthur lui-même sera
» le premier à blâmer un zèle indiscret, une

» affection basée sur le seul intérêt qu'ins-
» pire le malheur , et portée, dira-t-il , au-
» delà des bornes des convenances du
» monde. »

Je sentois trop la solidité de ces réflexions
pour n'en être pas affligé. Je me félicitai
néanmoins qu'avant notre arrivée en Ecosse,
mieux connu du marquis , Lorenzo pourroit lui faire éprouver le même attachement
qu'il m'avoit inspiré , et qu'alors il seroit le
premier à me seconder pour obtenir de mes
parens de ne m'en pas séparer.

Pendant la navigation, le marquis témoigna à Lorenzo beaucoup d'égards et d'estime. Personne ne le connoissoit, pas même nos gens, parce que nous l'avions été chercher, au moment de l'embarquement, chez le gouverneur ; et le marquis le présentoit par-tout sous le nom du chevalier Lorenzo, jeune homme dont il s'étoit chargé et qui l'accompagnoit dans ses voyages.

Lorenzo ne démentoit en rien l'idée que nous donnions de sa naissance ; il connoissoit parfaitement l'anglais, le français, et parloit agréablement l'allemand, l'italien et l'espagnol ; toutes ses manières annonçoient une éducation aussi brillante que solide ; il avoit fait d'excellentes études, pinçoit de la mandoline ; et je n'entendis jamais une voix plus étendue et plus mélodieuse que la sienne.

Presque tous les soirs, sur le navire, le marquis jouoit avec moi aux échecs. Lorenzo nous dit qu'il connoissoit ce jeu, et sa mémoire étoit si bonne, qu'il conduisoit entièrement ma partie, quand je nommois tout ce que jouoit lord Arthur, et sans perdre le souvenir des opérations faites dès le commencement jusqu'à la fin. Ce prodige de mémoire amusoit beaucoup le marquis de Rosline, qui étoit très-fort et avec qui je n'avois jamais pu remporter l'avantage, jusqu'à ce que Lorenzo m'eut aidé de ses conseils.

On dit que le caractère de l'homme se découvre au jeu; j'y retrouvois effectivement la délicatesse et la générosité de Lorenzo, dans les égards qu'il employoit pour ne pas contrister le marquis, ni blesser son amour-propre, et dans la gaîté avec laquelle ils'avouoit souvent vaincu, lors même qu'il auroit pu prouver qu'il ne devoit pas l'être.

Je remarquai, de la part du marquis, une étude profonde et continuelle du caractère de Lorenzo, et je m'en applaudissois, parce que ses observations ne pouvoient tourner qu'à son avantage. C'étoit à regret et avec peine qu'au commencement il nous laissoit seuls ensemble ; mais cette défiance raisonnable diminuoit visiblement à mesure qu'il connoissoit mieux la pureté des principes et l'innocence des mœurs de Lorenzo.

Nous allâmes par mer jusqu'à St.-André, afin de ne pas traverser l'Angleterre ; les troubles de l'Ecosse étoient augmentés depuis notre départ. Lord Arthur, qui blâmoit hautement la reine Marie Stuart, ne se déclara pas néanmoins pour ses ennemis et se rendit à *** avec nous. Il avoit là un hôtel que nous habitâmes ; il me donna un appartement attenant au sien, et une chambre pour Lorenzo qui donnoit dans la mienne, ce qui me fit un sensible plaisir.

Alors, me prenant à part avec beaucoup d'affection. — « Vous savez que je vous » aime, Sidney, je ne veux rien vous » refuser de ce que je puis accorder avec la » confiance que j'ai reçue de vos parens. » C'est pour vous que j'ai brisé les fers de » Lorenzo, je ne m'oppose pas à le voir » près de vous ; cependant je dois avouer » que, pendant notre voyage, je tremblai

» souvent de vous laisser seuls. Quelle con-
» fiance peut inspirer un galérien ? Pouvois-
» je sans frémir vous voir chercher, en
» cette classe, un ami, une société intime,
» moi qui craignois pour vous les amis de
» votre âge et de votre rang, même ceux
» qui ne paroissoient pas avoir de vices, ni
» de travers? L'étude de Lorenzo a diminué
» mes alarmes, sans toutefois les détruire.
» Puis-je espérer que vous verrez toujours
» en moi votre vrai, votre meilleur ami ;
» et que vous ne me cacherez jamais rien
» des conversations et des principes que vous
» découvrirez dans cet étrange jeune
» homme ? Je continue donc à me fier
» à toi, Sidney, ajouta lord Arthur en pre-
» nant un ton encore plus affectueux, je
» ne restreindrai pas ta liberté et j'attends
» de ton estime une parfaite ouverture de
» cœur envers celui qui remplace les auteurs
» de tes jours. »

Je tombai aux genoux du marquis ; il me
releva, m'embrassa tendrement, et nous
nous séparâmes.

Nous passâmes un mois dans une grande
solitude. Lorenzo me témoignoit tous les
jours plus d'intimité et de communication

J'avois réglé nos heures, nos journées, mes études ; je consacrois une heure à lire près de lui le matin et le soir ; mais, outre ce temps fixe, je venois presque sans cesse étudier dans sa chambre ; il étoit si instruit que je gagnois plus dans une matinée de sa société que dans une journée à lire ou à extraire.

Sa conduite nous pénétroit d'admiration, et mon amitié se fortifioit de plus en plus par l'estime, sans laquelle ce sentiment n'en mérite pas le nom. Toujours éveillé au point du jour, il passoit un temps considérable en prière, avant de s'occuper à aucune autre chose ; il ne déjeûnoit jamais, prenant seulement un verre d'eau dans la matinée.

Le soir, nous nous retirions vers onze heures ; il causoit encore quelque temps avec moi, puis il se mettoit à genoux près de son lit ; et, souvent, au milieu de la nuit, je le voyois encore dans cette attitude ; car je laissois ouverte la porte qui séparoit nos chambres, afin d'être plus à même de lui être utile, s'il avoit eu besoin de secours. Il avoit refusé un domestique que nous lui avions offert, et il connoissoit déjà si bien la maison qu'il la parcouroit seul.

Le dimanche qui suivit notre arrivée à ****, il me pria de le faire conduire dans une église qu'il me nomma ; car il connoissoit cette ville. Je l'y conduisis moi-même, il entendit la messe, se confessa, et communia avec une ferveur accompagnée de beaucoup de larmes ; il passa la moitié de la matinée à l'église, me croyant retourné à l'hôtel. Mais, voyant que j'étois dans la voiture avec lui, il s'excusa affectueusement de m'avoir retenu si long-temps, m'exprima sa reconnoissance avec cette noble effusion qui le caractérisoit, et me témoigna la crainte que le marquis de Rosline ne fût mécontent que j'eusse fréquenté une église catholique.

L'incertitude et les bontés du marquis me firent un devoir de lui en parler ; d'ailleurs, Lorenzo m'en pressoit instamment. Lord Arthur me pria positivement de n'y plus retourner ; et, comme je lui parlois avec une admiration respectueuse de la grandeur et de la majesté du culte des catholiques, il prit un air sérieux. — « Je ne pré» voyois que trop ; me dit-il, les consé▓

» quences fâcheuses d'une liaison avec un
» catholique romain ! »

Je sentois jusqu'où cette réflexion et
l'amertume avec laquelle elle étoit faite
pouvoit s'étendre ; la vivacité du marquis
m'étoit connue. Je lui promis de suivre, de
point en point, toutes ses instructions, et
nous nous séparâmes en paix.

Je continuai de conduire tous les jours
Lorenzo à l'église, mais je ne l'y accom-
pagnai plus.

Lord Arthur l'aimoit de plus en plus. Il
étoit gai, et toujours d'une humeur égale.
Chaque soir, nous faisions de la musique,
car le marquis avoit une belle voix, jouoit
agréablement de la flûte et je l'accompagnois
quelquefois du hautbois.

Pendant nos longs entretiens, nous
n'osions jamais questionner Lorenzo sur le
sujet si sensible de ses malheurs et de leur
cause. Un soir cependant, lord Arthur lui
demanda si c'étoit en Espagne qu'il avoit
cultivé sa voix et appris à jouer de la mandoline ? — « Un Italien m'a enseigné le
» chant à Paris, et je me suis occupé de
» cet instrument en Espagne. » — « N'avez-
» vous jamais songé à vous marier ? demanda

» lord Arthur. » Lorenzo sourit ; puis
en étouffant un soupir : « Voilà plus d
» quatre ans que j'ai perdu la vue ; j'avois
» peine 18 ans ; et depuis lors , je n'eus pa
» de projets ni de désirs pour la vie pré
» sente. — N'avez-vous jamais rencontr
» des amis de votre enfance, depuis qu
» vous avez perdu la vue ? » Lorenzo souri
de nouveau. — « Il eût été difficile que je le
» retrouvasse dans les lieux que j'ai habité
» depuis lors. — Mais les circonstance
» étranges qui vous y ont conduit auroien
» pu en réunir un autre avec vous. — Tou
» est possible à la Providence, répondit·
» il , » et il détourna promptement la con
versation.

Quelques jours après , le marquis m
prit à part, me renouvela toutes ses recommandations au sujet de la religion, e
m'annonça que nous allions passer quelqu
temps chez sa sœur la comtesse de Walsin·
gham , qui habitoit une campagne à 5
milles de la ville.

Je me souvins d'avoir entendu parler du
comte de Walsingham par Lorenzo , dans
sa première entrevue avec le marquis. Je
demandai en tremblant s'il pouvoit nous

suivre. Lord Arthur serra ma main avec
une bonté qui me pénétra, et me dit que
cela dépendoit du choix de Lorenzo.

Je volai à sa chambre, lui apprit tout, et
attendit sa réponse avec inquiétude. Il parut
vivement ému : — « Je ne puis vous expri-
» mer, cher Sidney, combien je jouirai
» délicieusement du bonheur de cette fa-
» mille ; j'espère du moins qu'ils sont heu-
» reux ! Aucun jour de ma vie ne s'est
» écoulé, depuis plusieurs années, sans que
» mes vœux et mes prières n'aient sollicité
» toutes les bénédictions du Ciel sur Henry
» de Walsingham et Caroline.... Je préfère
» néanmoins que vous me laissiez ici ; votre
» entrevue sera plus libre et votre séjour
» plus agréable ; car je sens que l'amitié
» vous impose une contrainte dont je gémis.
» Ce sentiment m'est plus pénible que celui
» de mes malheurs. On peut, Sidney, tout
» endurer pour l'amitié, mais souffrir
» qu'elle se sacrifie comme vous le faites,
» c'est une douleur bien vive pour un cœur
» susceptible de sensibilité et d'honneur. »

Je lui peignis avec feu combien sa société
m'étoit préférable à tout ce que l'on pouvoit
appeler agrémens, fêtes, plaisirs, et je ne

songeois plus qu'au bonheur de le conduire
à *Remember-Hill*. C'étoit le nom du château de lord Walsingham.

Nous partîmes ; celui-ci vint à notre rencontre, et s'excusa de n'être pas accom-
pagné de son épouse, parce qu'elle nour-
rissoit son dernier fils, âgé de quelques
mois. Il nous fit beaucoup d'accueil; nous
lui présentâmes Lorenzo ; et, lorsque je lui
eus dit qu'il étoit aveugle, il le fixa avec
une étrange attention ; et, laissant échap-
per un profond soupir : *Le Ciel m'a pré-
servé d'un pareil malheur*, dit-il, et il
parut se faire beaucoup de violence pour
se distraire des souvenirs que cette circonstance lui avoit retracés. Lord Henry Walsingham avoit environ 27 ans ; sa figure
étoit remarquable par l'expression d'une
sensibilité exquise plus rare que la beauté ;
mais, sur sa physionomie, se peignoit une
mélancolie si profonde que je m'étonnai
qu'on m'en eut parlé comme d'un homme
parfaitement heureux. Il devoit l'être cependant, selon les apparences, ayant un
rang distingué, une fortune brillante, une
jeune femme et des enfans dont il étoit tendrement chéri. Mylady Walsingham, à

notre arrivée ; se précipita dans les bras de lord Arthur, son frère, et lui présenta ses trois enfans, dont l'aîné avoit trois ans et quelques mois.

Je fus bientôt à *Remember-Hill* comme dans ma propre famille ; l'estime et l'amitié établirent une sorte de confiance entre Henry et moi ; il n'oublioit rien pour rendre ce séjour agréable à Lorenzo. Dès qu'il sut qu'il étoit catholique, il lui dit avec beaucoup de joie : « Nous le sommes aussi, il y a ici une chapelle où l'on célèbre toujours la sainte messe ; vous pourrez y aller autant que vous le voudrez. »

Il m'avoit fait préparer un appartement dans une aile opposée au bâtiment de la chapelle ; mais il porta l'attention jusqu'à m'en choisir un autre, tout-à-fait voisin, sachant que j'aimois que Lorenzo habitât près de moi, et voulant que celui-ci eût plus de facilité à fréquenter la chapelle sans devoir s'y faire conduire.

Mylady Walsingham voyoit assez de monde. Quelquefois, Lorenzo restoit au salon ; souvent aussi il se retiroit à sa chambre ou dans le sanctuaire.

Un soir, nous étions entre nous ; Henry

lisoit tout haut, son fils aîné étoit sur les genoux de Lorenzo ; je jouois avec sa petite Marie, qui n'avoit que 23 mois ; lord Arthur causoit avec sa sœur lady Walsingham, près du berceau de son dernier enfant ; lorsque nous reçûmes la visite d'un vieux lord écossois et de son fils, qui revenoient d'une tournée sur le continent.

Celui-ci parla avec volubilité de tout ce qu'il avoit vu, et fit tous les frais de la conversation. « Avez-vous été en Espagne?... » demanda Henry ; » et, s'arrêtant subitement, il sembla fâché d'en avoir fait la question. — « Oui, dit le jeune lord, j'ai » même logé quelques jours chez le duc de » Medina, qui m'a fait voir le magnifique » tombeau élevé dans sa terre à la mémoire » de la trop belle dona Maria, sa nièce. » Vous savez, sans doute... — Oui, inter- » rompit vivement Henry, j'ai su tous les » détails de ses infortunes. Son père vit-il » encore ? »

— « Oui, il paroît inconsolable. »

— « Il est des malheurs que le temps ne » peut faire cesser ni adoucir, reprit Henry » avec une profonde réflexion ; la religion » est tout !... C'est bien alors que l'on sent

» ce que l'on seroit sans, ellé et cé que l'on
» peut avec son secours. » — « Je ne croyois
» pas que dona Maria fût morte, interrom-
» pit le vieux lord ; n'étoit-elle pas parente
» de milady Walsingham ? » — Hélas !
» oui, dit Henry ; elle étoit cousine d'Hi-
» dalla et de Caroline de Salisbury ; voilà
» déjà trois ans qu'elle n'est plus. La perte
» de sa raison a précédé de quelques mois
» celle de sa vie. Combien de malheurs ont
» accablé la maison de Salisbury, ajouta
» Henry avec un profond soupir ! »

Lorenzo ne prit aucune part à cette conversation, il ne prononça aucune parole ;
mais plusieurs fois je remarquai sur son
visage que de vives émotions partageoient
son cœur.

Le marquis de Rosline mit fin à cet entretien. Le lord lui demanda des nouvelles
de son épouse, qui étoit à *Rosline-Castle*
avec la duchesse de Salisbury, mère de
lord Arthur, et de son fils âgé de 3 ans.
Arthur parla de son épouse et de son enfant
avec la plus vive sensibilité.

« La marquise de Rosline n'est-elle pas
» sœur de Henry de Walsingham? demanda
» Lorenzo ; n'est-ce pas lady Mathilde ?

» — Oui , l'avez-vous connue ?... » Lorenzo rougit beaucoup. — « Un de mes
» amis l'a vue à Paris. » On annonça la
voiture du lord , ce qui nous interrompit.
Il étoit tard , et on se sépara.

Il fallut peu de temps à Lorenzo pour
ptiver l'estime et l'affection d'Henry de
Valsingham, qui, ravi de ses belles qua-
és, voulut que son dernier fils fût filleul
mon ami ; car il n'étoit pas encore bap-
é. Lorenzo fit quelques difficultés ; Henry
sista.

« Je dois donc vous avouer, avec une
franchise que réclame la générosité de
vos procédés, dit vivement Lorenzo,
que je ne porte pas mon nom véritable ;
mais, décidé à mourir sans me faire connoître, aucune considération ne pourra
amais ébranler ma résolution. D'ailleurs,
i vous me connoissiez autant que le marquis de Rosline, vous seriez bien éloigné
de me faire une semblable proposition.

» Demandez-lui où il m'a connu, et dans
» quelle classe de la société il m'a trouvé,
» vous chercherez alors un autre parrain
» pour le fils du comte de Walsingham. »

Lorenzo étoit animé ; une joie indéfinis-
sable brilloit sur son visage, où ne se peignoit pas l'ombre d'un sentiment de honte
ou d'embarras. Le marquis de Rosline par-
tageoit ma surprise ; il demanda très-bas à
Lorenzo s'il désiroit qu'Henry fut instruit
de la manière dont nous l'avions connu.

Lorenzo saisit la main du marquis, la
pressa contre ses lèvres avec un transport
involontaire. — « Il le sauroit déjà, dit-il,
» si celui que vous avez daigné quelquefois
» appeler votre ami n'avoit craint de vous
» offenser. — Mais, mon cher Lorenzo,
» reprit le marquis, à voix basse, tous les
» souvenirs de votre captivité, et au moins
» l'apparence du crime, ne vous font-ils
» donc aucune peine ? »

Lorenzo appuya son front un moment
sur la main de lord Arthur, et reprit
avec une voix altérée : « Un jour viendra,
» je n'en doute pas, où le plus généreux des
» hommes pourra comprendre mon lan-
» gage et le sentiment du bonheur qui

» j'éprouve; mais, aujourd'hui, la différence
» de nos croyances religieuses met une trop
» grande distance entre nous. »

Le marquis ne comprit rien à ce discours.
Il ne voulut cependant pas apprendre à
Henry ce qu'il savoit de notre ami commun.

Nous passâmes la soirée à faire de la
musique ; après quoi, j'allai faire une lecture, selon ma coutume, chez Lorenzo ;
il me désignoit ordinairement ce qu'il vouloit ; mais, cette fois, il me remit un
volume qu'il avoit apporté avec lui.

Lorsque j'allois commencer, il me demanda très-bas si nous étions seuls ; je lui
dis qu'Henry étoit présent. — « Henry,
» c'est comme vous-même, reprit-il ; mais
» je vous ai fait cette demande, parce que
» ce livre est peu connu ici. La plupart de
» vos compatriotes ne sont pas de ma reli-
» gion ; et, quoiqu'une des premières
» libertés de leur culte soit de pouvoir tout
» lire, tout juger et tout examiner par
» eux-mêmes, il y a cependant quelques
» ouvrages que, par une contradiction entre
» mille autres, ils interdisent à leurs sec-
» taires, en sorte que ceux, qui nous enten-
» droient, pourroient se formaliser de voir

» cette brochure entre vos mains. » Lord
Henry sourit. — « Lorenzo a raison, dit-il,
» les protestans se contredisent sans cesse. »

Je rougis ; c'étoit la première fois que
Lorenzo attaquoit mes principes religieux.
Je n'osois témoigner la peine que j'en éprouvois ; d'un autre côté, je devois rendre
justice à sa remarque. Mécontent et embarrassé, je commençai à lire sans répondre ;
c'étoit un recueil des contradictions de l'Eglise
réformée, ouvrage que nos ministres dé-
fendent adroitement à tous leurs partisans.
Je le connoissois de nom, et je n'ignorois
pas quelle seroit l'indignation du marquis,
s'il me surprenoit avec ce livre entre les
mains.

Cette lecture me fit une étrange impression ; les vertus de l'intérieur de la famille
de lord Walsingham, celles en particulier
de Lorenzo, tout concouroit à me donner
de leur religion des idées relevées que je
n'avois jamais eues de la mienne.

Jusqu'au jour où j'avois connu Lorenzo,
on ne m'avoit parlé de la croyance des catholiques que comme d'un assemblage de
fanatisme, de superstitions et de pratiques
superstitieuses, purement extérieures. J'en-

visageois cette même religion sous tout un autre aspect, et mon cœur me reprochoit sans cesse d'avoir adopté des idées fausses, et de les avoir nourries sans les avoir véri-fiées.

Je priai Lorenzo de me laisser son livre, et je passai une partie de la nuit à le lire. Lorenzo et Henry m'avoient quitté en-semble ; ce premier n'étoit pas rentré à sa chambre, et il étoit environ une heure du matin. Troublé, et ne sachant à quoi me résoudre, je sortis doucement dans le des-sein de m'ouvrir à l'un ou à l'autre ; et, au lieu d'aller chez Henry, je pris, sans le savoir, le chemin de la chapelle ; je ne m'en aperçus qu'après avoir ouvert la porte ; là, je rencontrai mes deux amis qui en sortoient. Ils ne me demandèrent rien ; j'entrai seul dans le sanctuaire, je priai Dieu de m'éclairer et de me calmer ; puis, je revins chez moi en silence.

Lorenzo étoit dans sa chambre, à genoux près de son lit ; il prioit encore comme de coutume.

Quelques jours après, le petit Hides, fils aîné d'Henry, fut saisi d'une fièvre vio-lente, accompagnée de convulsions, et, en peu d'heures, en grand danger. Ce bon père étoit partagé entre la crainte d'exposer Caroline, son épouse, en l'alarmant, et celle de perdre son fils. Il alla lui-même à la ville chercher un médecin, qu'il ramena. Mais, à son retour, son fils venoit d'avoir une violente convulsion, et on ne savoit décider s'il existoit encore.

Henry, éperdu, considéra son enfant avec une sorte de désespoir; puis, s'arrachant à ce spectacle, il frappa son front contre le marbre de la cheminée, avec un emportement qui me fit craindre qu'il ne se fût blessé.

Lorenzo, qui étoit près de la cheminée, prit sa main et lui dit avec feu : « Henry, » où est ta religion ? Dieu n'est-il pas tou- » jours le même ? »

« Grand Dieu ! s'écria lord Walsingham » avec véhémence, qui me parle ?... Est- » ce toi ?... malheureuse victime de mes » erreurs ?... toi que je cherche depuis tant » d'années ?... »

Lorenzo s'approcha vivement de moi, et avec l'air d'un grand trouble. Henry se trouvoit dans une obscurité qui ne lui avoit pas laissé distinguer quelle personne l'avoit abordé. Il étoit neuf heures du soir ; les lumières étoient réunies près d'un sopha sur lequel étoit posé l'enfant, et leurs clartés interceptées par les individus qui étoient à l'entour. — « Est-ce vous, Sidney, me dit » Lorenzo ; de grâce, rendez-moi le service » d'aller près d'Henry, afin qu'il ignore que » c'est moi qui lui ai parlé. »

Je lui obéis, sans me donner alors le temps de réfléchir ; je pris lord Walsingham par le bras, et le menai près de son fils qui donnoit des signes de vie. Nous passâmes une nuit pénible ; mais, avant le jour, le petit Hides étoit hors de danger.

Henry étoit plus malade que son fils. Il étoit aussi ardent que sensible, et sa complexion délicate ne supportoit que difficilement l'activité de son imagination. Il s'étoit mis au lit vers le matin. A neuf heures, je vins le voir ; il me pria de lui amener Lorenzo. Celui-ci ne consentit à venir près du malade qu'avec une sorte de répugnance, qui me surprit.

Henry nous fit asseoir près de son lit. — « Vous pouvez, lui dit-il, me tirer d'une » grande inquiétude, en me disant quel

4 *

» est votre pays et de quelle manière vous.
» fûtes privé de la vue. »

Lorenzo rougit. — « Je suis né en Ecosse,
» j'ai vingt-deux ans, c'est tout ce que je
» puis vous dire. Le récit des événemens
» qui ont partagé ma vie n'a jamais été
» connu que d'un seul individu qui n'existe
» plus, et ce triste détail ne doit intéresser
» personne. — Henry et Sidney ne sont
» donc pas vos amis, reprit lord Walsing-
» gham, avec le sentiment d'un tendre
» reproche. Peut-être ma confiance encou-
» ragera-t-elle la vôtre, continua-t-il ; elle
» vous prouvera du moins combien sont
» fortes les raisons qui m'ont porté à vous
» faire une question, qui vous aura paru
» indiscrète ou peu délicate. Mes parens,
» mes amis, mon épouse elle-même, ne
» connoissent rien des chagrins profonds
» qui ont détruit le bonheur de ma vie ; je
» n'eus jamais ni ami, ni confident, je
» ne connus pas même le charme d'une
» liaison solide, avant le jour qui m'amena
» ici Lorenzo et Sidney. »

— « Je croyois, interrompit doucement
» Lorenzo, que monsieur Billingham avoit
» des droits sacrés à votre confiance. »

C'étoit le chapelain de *Remember-Hill* ,
homme d'une quarantaine d'années , instruit , éclairé et doué de toutes les vertus ,
qui constituent un saint ecclésiastique ; ce
qui comprend un parfait éloge.

« Vous avez raison , Lorenzo , reprit
» Henry ; jusqu'ici , cependant , je n'ai ac-
» cordé à monsieur Billingham qu'une
» confiance indispensable , et rien de plus ;
» mon affection pour vous exige davantage ,
» et me presse de vous ouvrir mon cœur.
» J'aime mieux laisser croire à ma Caroline
» que je suis heureux , que de troubler sa
» paix par le récit de mes irréparables mal-
» heurs. Vous seul , peut-être , pouvez y
» apporter quelques remèdes ; dans tous les
» cas , je compte sur une inviolable dis-
» crétion. »

Je la lui promis. Lorenzo , abîmé dans
ses réflexions , ne lui fit aucune réponse.

Henry de Walsingham s'exprima ainsi

« Né avec des passions ardentes , qui se
développèrent avec l'âge , élevé dans la
religion réformée , je n'avois pas acquis
l'habitude de réprimer la violence de mes
penchans , et j'en fus presque toujours la
victime.

La comtesse de Walsingham , ma mère
étoit , par les femmes , d'une branche de la
maison espagnole des ducs de Médina. Son
père , le comte de Tancredi , l'avoit fait
hériter de sa haine pour sa propre maison de
Médina , avec laquelle il eut des querelles
qui se perpétuèrent de part et d'autre jusqu'à la troisième génération.

J'avois une sœur qui achevoit son éduca-

tion à Paris. Quand j'eus atteint ma ving-
tième année, je voyageai avec mon oncle
paternel, le comte de Tancredi ; nous allâmes voir ma sœur ; et, pour mon malheur, je vis sa meilleure amie de pension,
dona Maria de Médina. Son nom me rap-
peloit toute la rivalité de nos familles, et
devoit m'apprendre que je ne pouvois jamais
songer à elle ; mais je connus en même
temps que j'avois un cœur foible et trop
facile, des passions impétueuses et très-peu
d'empire sur elles.

Je n'osai m'ouvrir à mon oncle, quoique
je l'aimasse tendrement ; nous revîmes le
duc de Médina et sa fille dans des assem-
blées ; car elle quitta le couvent peu de
jours après notre arrivée, son éducation
étant achevée.

Je crus m'apercevoir que mes hommages
n'étoient pas dédaignés, malgré les obs-
tacles insurmontables qui s'opposoient à ce
que je croyois être mon bonheur. Un soir,
dans une réunion, où, en ma présence on
parloit de mariage à dona Maria, elle répondit de manière à ce que je pusse l'entendre : « Je n'épouserai jamais qu'un
» homme de ma religion, et qui sera agréé

» de toute ma famille, mais d'un autre
» côté, je ne me marierai jamais malgré
» moi. » Ces paroles qui auroient dû me
faire voir les barrières à franchir, pour
arriver à l'accomplissement de mes vœux,
ne firent qu'augmenter mes illusions et mes
espérances.

Ce fut dans le même temps que je vis aussi
à Paris le marquis Arthur de Rosline. Sa
mère et la mienne étoient toutes deux es-
pagnoles, et cousines germaines. La première, propre sœur du duc de Médina, avoit
épousé, en premières noces, le marquis
de Rosline, dont étoit né Arthur; et, après
la mort de son premier mari, le duc de
Salisbury dont elle eut, entr'autres enfans,
Caroline, mon épouse, et Hidalla, qui auroit aujourd'hui 22 ou 23 ans.

Je passai dix-huit mois à Paris, après lesquels on parla du départ du duc de Médina et
de sa fille; je sentis alors combien j'y étois
attaché, et je briguai une place de page
d'honneur d'un prince de la maison d'Espagne, que le duc devoit suivre. Le comte
de Tancredi me seconda de tout son pouvoir; mais le duc de Médina nous prévint,
et obtint cette faveur pour lord Hidalla, de

Salisbury son neveu, frère de Caroline. Cette circonstance aggrava la haine de la maison de Tancredi contre les Médina.

Je quittai Paris et me rendis en Espagne, avant le départ du Duc et de dona Maria. Mon oncle, qui devinoit l'état de mon cœur, n'oublia rien pour me distraire. Fervent catholique, il ne laissoit pas en même temps de poursuivre un projet, objet de tous ses soins et de sa tendresse, je veux dire ma conversion.

Je ne me sentois pas d'éloignement à seconder ses vues; ma mère, ma sœur et dona Maria, l'objet de mes plus chères affections, étoient catholiques; mais les préjugés de l'enfance, l'attachement de mon père à sa foi, mille motifs humains me renoient.

Je blâmai, tout en les partageant, les haines subsistantes entre les maisons catholiques de Tancredi et de Médina. Je connoissois assez leur religion pour savoir combien ces dissensions y étoient contraires; néanmoins, comme la plupart des réformés, je rejetois sur le culte, les fautes de la foiblesse humaine.

Je parcourus le midi de l'Espagne et le

Portugal. Mon attachement pour la fille du
duc de Médina, et la condescendance du
comte de Tancredi, me ramenèrent à Madrid, où la première nouvelle que j'appris
fut le prochain mariage de dona Maria
pour lequel on n'attendoit que l'arrivé
du seigneur Hidalla de Salisbury, son
cousin.

Mon désespoir se changea en fureur, et
lord Hidalla de Salisbury en fut l'objet.

J'apprends qu'il est à dix-sept lieues d
la capitale, je n'en dis rien à mon oncle
mais je laisse sur sa table une lettre qu
l'instruisoit de ma malheureuse passion
de ma douleur, et de ma résolution d'empêcher le mariage de dona Maria ou d
mourir.

Je pars pour ***, petite ville où étoit alor
le duc de Médina avec sa fille; de-là j'envoi
un cartel au jeune lord Hidalla, et je vai
l'attendre au lieu que je lui avois désigné
qui se trouvoit sur la route.

Deux jours s'écoulent sans recevoir aucune nouvelle. Alors, n'ayant plus la forc
de maîtriser mon indignation et mon désespoir, je forme un autre projet.....

Ah ! mes amis, que l'homme est foible

quand la voix de la religion n'a pas assez d'ascendant pour calmer les passions qui soulèvent et qui agitent son ame ! Qu'on est malheureux, quand, dans les grandes épreuves de la vie, on ne porte point ses regards vers le Dieu tout-puissant ! Qu'on se prépare de calamités et de larmes, quand, dans les emportemens de la jeunesse, on n'est point arrêté par les pensées de la religion, et par la crainte des châtimens célestes !

Voulant absolument me venger et forcer lord Salisbury à courir la chance des armes, je me détermine à l'attendre dans une forêt, où l'on m'avoit assuré qu'il devoit passer dans la soirée. J'étois inconnu ; je séduis, à prix d'or, quelques habitans des environs, pour me seconder, dans mes desseins.

Une voiture passe ; je crois reconnoître la livrée du duc de Médina; j'ordonne à mes gens de la faire arrêter. Ils éprouvent une vive résistance. Des coups de pistolet sont échangés. Pour prévenir de grands malheurs, j'avois encore eu assez de prudence pour ordonner de ne charger qu'à poudre ; mais les misérables que j'étois réduit à employer, n'avoient point tenu compte de més ordres. Des cris affreux se font entendre. Un des domestiques du duc de Médina est blessé ; le bruit et les coups de feu amènent du secours ; mes lâches complices m'abandonnent ; et seul , en proie aux plus cruelles agitations , et dans une effervescence qui tient du délire , je suis arrêté , garrotté.... et j'étois déjà depuis vingt minutes dans un cachot des prisons de ****; quand je pus me rendre un compte exact de ce qui s'étoit passé.

Mon jugement ne se fit pas attendre. Je comptois sur une mort prompte , qui auroit mis fin à mes maux. Je fus condamné à perdre la vue et à une prison perpétuelle.

Lorsqu'on vint m'apprendre mon sort , j'avois passé sept jours dans une cruelle incertitude. Les approches de la mort m'avoient dessillé les yeux. Les tendres exhortations , et les conseils du comte de Tancredi se retracèrent à ma pensée ; je commençai à songer sérieusement à l'éternité qu alloit s'ouvrir devant moi. J'étois dans ce. réflexions , lorsque ma nouvelle destiné qu'on vint m'annoncer , me jeta dans u violent désespoir ; je n'avois vu personne

que le geolier et deux commissaires qui m'a-
voient interrogé, je n'avois rien nié ; ma
sentence étoit juste, mais j'aurois préféré la
perte de la vie à celle de la vue et de la
liberté.

Privé d'armes, je frappai violemment ma
tête contre les murs de mon cachot ;
j'aurois voulu pouvoir m'écraser sous ses
ruines.... Un jour et une nuit qui me pa-
rurent un siècle s'écoulèrent....

Vers trois heures du matin, ma porte
s'ouvrit avec fracas ; je frémis. Elle se re-
ferma aussitôt. Un pas indécis et léger se
fit entendre ; quelqu'un s'approcha de moi
et prit ma main.

La lune laissoit pénétrer ses rayons sur
une des murailles de ma prison par une
petite fenêtre grillée qui étoit contre le
plafond ; mais elle n'éclairoit pas l'intérieur :
je distinguai avec peine une personne à genoux et penchée vers moi. J'étois sur un
mauvais lit où je n'avois pu fermer l'œil
depuis trente-six heures que mon arrêt m'é-
toit connu.

Jamais je n'oublierai la douceur et l'expression de la voix qui vint pénétrer mon
cœur. « Henry, me dit l'étranger, où est

» ta religion ?... Dieu est encore ton père,
» c'est lui qui m'envoie vers toi !

— « Grand Dieu ! m'écriai-je, en me
» levant rapidement, la compassion et l'hu-
» manité s'introduiroient-elles encore près
» de moi ?.... Mais qui peut me sauver du
» sort affreux qui m'est réservé ?... A vingt-
» deux ans, perdre la lumière et la liberté
» pour toujours !...

— « Rien n'est pour toujours ici-bas,
» me dit-il doucement ; mais vous n'êtes pas
» de ma religion, vous ne pouvez éprouver
» les consolations sans nombre qu'elle offre
» aux plus grandes infortunes. — Il n'y a
» plus de consolations pour moi. — Plus
» de consolations ? — Ni de religion, repris-
» je hors de moi, je veux mourir.

« Et si Dieu vous conservoit la liberté
» et la vue, vous en serviriez-vous pour ne
» plus résister aux lumières de la vérité,
» pour lui consacrer une vie que lui seul
» peut vous ravir ?.... — Ah ! je l'ai promis
» et j'en réitère ici la promesse solennelle,
» m'écriai-je ; si, par un effet de sa puis-
» sance, ce Dieu des catholiques qui me
» fut peint si bon, et si compâtissant pour

» nos misères, veut me sauver, j'embrasse
» cette religion, qui, plus sainte et plus
» parfaite, me mettra en état de le mieux
» servir.... Oui, je vous promets de vivre
» et mourir catholique. »

L'étranger appuya son front sur ma main
et garda un long silence. Puis, se relevant
avec feu. — « Il n'y a pas un moment à
» perdre, me dit-il ; prends mes habits,
» donne-moi les tiens, je n'ai rien à craindre
» et n'ai qu'une grâce à te demander. Tiens
» ta promesse, et quand tu pourras aller à
» Bayonne, ou si tu traverses cette ville en
» retournant dans ta patrie, informe-toi
» du signor dom Silva, adresse-toi à lui
» pour affermir ta foi ; c'est un jeune et
» saint ecclésiastique. Dis-lui alors que son
» ami Hida marche dans la voie qu'il lui a
» tracée, et qu'il espère, avec le secours
» d'en haut, ne s'en écarter jamais. »

En achevant ces mots, il passa autour de
mon cou un ruban auquel il attacha une
petite croix. — « Ne te sépare jamais de ce
» gage de mon amitié, ajouta-t-il ; *je l'ai*
» *reçu d'un frère, que j'aime tendrement,*
» lorsque je n'étois pas encore catholique.

» En fixant tes regards sur cette croix, tu
» te souviendras que la souffrance est le
» chemin du Ciel, et qu'à l'exemple de son
» divin modèle, le vrai catholique doit
» être humble, patient, fidèle et résigné.

» Donnez cette bourse au geolier, conti-
» tinua-t-il, en m'en remettant une pleine
» d'or, et fuyez loin de cette ville. Le
» comte de Tancredi n'est plus à Madrid,
» mais vous le trouverez à l'auberge du vil-
» lage ****, où il est blessé. »

J'étois à genoux devant mon libérateur ;
je voulois lui faire des questions. Pour toute
réponse, il me pressa dans ses bras avec
une expression que je ne puis rendre ; puis,
s'en arrachant, il alla frapper rudement à
la porte. Le geolier vint l'ouvrir et me prit
par la main. Je lui remis la bourse ; et,
m'enveloppant dans le manteau dont j'étois
couvert, je sortis de cette horrible demeure,
frémissant d'y laisser mon généreux libérateur ; mais ne doutant pas qu'il n'eût qu'à
se découvrir pour être mis en liberté.

Arrivé au village indiqué, je fus saisi
d'une profonde douleur en apprenant que
le comte de Tancredi, attaqué par des

ssassins dans une forêt voisine , avoit été
onduit fort blessé à l'auberge et venoit
'expirer.

Ses gens me dirent qu'un jeune seigneur
ui avoit passé la nuit près de lui , avoit
nnoncé en partant que je viendrois le rem-
lacer incessamment, je demandai le nom
e celui-ci , que personne ne put me dire.

On m'apprit aussi que lord Hidalla de
alisbury avoit été assassiné le même jour
ar les mêmes brigands. Je donnai des
rdres pour que le corps du comte de Tan-
redi fût transporté à Tolède dans sa famille,
t n'osant prolonger d'un moment mon
éjour dans une province si funeste pour
10i , je partis pour Bayonne.

Arrivé à V...., j'étois dans mon hôtel ,
rsqu'un officier espagnol , qui m'avoit vu
n France , m'aborda. — « Vous savez ,
me dit-il , l'horrible malheur arrivé au
duc de Médina ? — Non , que voulez-
vous dire ? — Mais... c'est-à-dire , à sa
fille unique , doña Maria. » Alors il me
aconta l'événement dont j'étois moi-même
auteur ; il ajouta : « On n'a pas découvert
jusqu'ici le nom du coupable ; et toute cette

» affaire est enveloppée d'un mystère pro-
» fond, qu'on ne découvrira probablement
« jamais, puisque l'inconnu a succombé,
» m'a-t-on dit, pendant l'exécution de la
» sentence qui le condamnoit à perdre la
» vue. Dona Maria, de son côté, paroî
» voir été émue d'une manière extraordi-
» naire, par tous ces événemens ; car elle
» a fait une maladie grave, à la suite de
» laquelle sa raison fut totalement aliénée
» Je l'ai vue depuis ce malheur ; elle es
» fort pâle, sa physionomie est toujour
» calme et touchante ; elle ne pleure pas
» mais elle a, dans son délire, quelqu
» chose de triste et de sombre qui inspir
» la plus grande compassion. »

L'officier parla encore long-temps, je n
l'entendois plus ; il me quitta sans remar
quer l'état affreux où m'avoit jeté son récit
La mort de mon libérateur, une mo
cruelle qu'il n'avoit soufferte que pour moi
m'occupoit seule et me rendoit comm
insensible à la triste situation de l'info
tunée dona Maria. Je m'enfonçai dans un
allée écartée du jardin, et me jetant sur u
banc, je me livrai à toute ma douleu

Henry s'arrêta, couvrit de ses mains son visage inondé de larmes ; *ó Dieu*, dit-il d'une voix entrecoupée, *toi seul m'as soutenu !....*

Après un silence de quelques instans, Henry reprit en ces termes : « Je vous ai déjà exposé la violence de mon caractère ; j'essayai cependant, par respect pour la mémoire de mon bienfaiteur, de me résigner à mon sort. Je disposai tout pour continuer ma route ; mais une fièvre maligne me retint deux mois à V...... Dès que je fus rétabli, je partis pour Bayonne ; ma dernière consolation étoit d'accomplir la promesse qu'Hida avoit reçu de moi, et de rapporter son souvenir au signor dom Silva.

Dès mon arrivée, je m'informai de ce seigneur, et je fus aussi surpris que charmé de trouver en lui un jeune homme de

uelques années de plus que moi. Sa phy-
ionomie étoit angélique ; issu d'une des
remières familles de Portugal, il avoit em-
rassé la pauvreté évangélique , par choix.
e spectacle me toucha , et plus encore sa
onversation douce et persuasive. Je lui dis
ue depuis deux ans je combattois le désir
'embrasser sa religion , et qu'enfin une
erme détermination m'avoit amené dans
ette ville , parce qu'un de mes amis m'avoit
onseillé de m'adresser à lui.

Je lui demandai alors s'il se ressouvenoit
'un jeune homme appelé Hida. — « C'est
une bien belle ame , dit-il , Dieu a voulu
se servir de moi pour le ramener dans la
vraie Eglise; mais, depuis plusieurs mois,
je n'ai plus de ses nouvelles ; j'espère qu'il
a persévéré. »

Une pâleur mortelle me couvrit le visage.
Oom Silva me fit asseoir ; je fondis en
armes : embarrassé de l'état où j'étois, je
ai appris que je relevois de maladie, ce
rui me rendoit encore très-foible, et que
lus tard je lui parlerois avec toute confiance
es chagrins que son discours m'avoit rap-
nelés. Il m'engagea à loger chez lui, et le
lit d'une manière si instante et si affectueuse

que je ne pus m'en défendre. Il occupoit
une jolie petite campagne près du port ; ce
qui pouvoit en diminuer l'agrément étoit
le voisinage des galériens, dont le bagne
touchoit sa maison. Lorsque je lui en fis
l'observation ; — « C'est exprès pour cela
» que je me la suis choisie, dit-il ; c'est
» une de mes jouissances d'être à portée
» d'offrir des secours et des consolations
» spirituelles à des infortunés privés de tout
» et condamnés aux fers. »

Cette réponse me fit connoître l'ame du
signor dom Silva, et redoubla mon estime
pour sa religion. Il me donna un appartement près du sien ; le soir, dès que j'y
fus seul, je me jetai à genoux, et, pour la
première fois faisant le signe de la croix,
je pris dans mon sein le petit crucifix
d'Hida. Il devoit avoir appartenu à une
famille distinguée, la croix étoit composée
de cinq pierres de saphir, le Christ étoit en
or, et les petits clous qui l'attachoient en
brillans ; je couvris de baisers ce gage de
mon salut éternel, et qui étoit en même
temps un don de celui qui m'avoit sauvé en
ce monde. Une douce lumière se répandoit
dans mon cœur ; la foi commençoit à

l'éclairer et me promettoit toutes les consolations qu'il n'appartient qu'à elle seule
d'apporter aux plus grandes afflictions.

Le lendemain, en voyant dom Silva, je
lui demandai sa bénédiction ; et, me jetant
à ses genoux, je lui fis la confession de
toute ma vie avec une profonde douleur et
un sincère repentir, le priant de disposer
entièrement de moi pour le temps et les
circonstances de mon abjuration. J'étois
déjà très-instruit de la doctrine des catholiques ; dom Silva acheva de m'éclairer ; et,
trois semaines après, je fis mon abjuration,
et je participai aux sacremens de l'Eglise
avec une ferveur et une satisfaction qu'il
ne m'appartient pas de décrire.

Je n'avois pu me résoudre à instruire
dom Silva des rapports que je soupçonnois
entre Hida et mon infortuné libérateur ;
je n'en étois d'ailleurs pas certain moi-même,
il ne m'avoit pas dit qu'il fut Hida ; mais
seulement de rappeler celui-ci à dom Silva ;
ce pouvoit être une commission dont il
s'étoit chargé lui-même. Je m'en acquittai
donc, sans expliquer dans quel lieu ou
dans quelle circonstance j'avois rencontré
l'individu qui m'en avoit prié, et je deman-

dai en même temps au signor dom Silva
quel étoit ce jeune homme ; mais il me
répondit que sa conversion avoit été quelque
temps secrète , et qu'il lui avoit recom-
mandé le mystère de son nom de famille
jusqu'à ce qu'il lui eût écrit , ce qui n'avoit
pas encore eu lieu. Je n'osai presser dom
Silva sur un article qui m'intéressoit si
vivement ; et , fort peu de temps après ,
une lettre du comte de Walsingham , mon
père, me rappela en Angleterre.

Ce fut avec beaucoup de peine que je
quittai dom Silva , que j'aimois parfaitement. Il me permit une correspondance
avec lui, qui dura sans interruption jusqu'à
sa mort. J'arrivai dans ma patrie inviolable-
ment attaché à la religion catholique, qui
m'avoit appris à supporter avec résignation
mes peines, et à en faire une source de mérites
pour l'autre vie et de consolations pour
celle-ci. Je trouvai mon père dangereuse-
ment malade : il ne survécut que quinze
jours à mon retour près de lui. Je ne lui
cachai nullement mon changement de religion , et ma mère s'étant jointe à moi pour
le convaincre des dangers de mourir dans
l'erreur, il eut le bonheur d'ouvrir les yeux à

la vérité et de mourir dans la foi catholique.

Ma conversion avoit comblé de joie ma mère et ma sœur Mathilde, qui étoit revenue à la maison avant moi ; je leur avois mandé la mort du comte de Tancredi, propre frère de ma mère ; mais personne au monde ne connoissoit rien de mes malheurs, ni même de mon attachement à dona Maria ; car mon libérateur n'étoit plus, ainsi que mon oncle Tancredi, et j'avois retrouvé et brûlé la lettre que je lui avois écrite en nous séparant.

Seul, pour ainsi dire, au milieu de ma famille, ne voulant m'ouvrir à personne, j'étois mélancolique et solitaire ; je priai la comtesse de Walsingham de se retirer avec nous au château de ce nom, situé dans le nord et très-isolé, afin d'éviter les nombreuses visites qui m'étoient à charge. Elle eut la bonté de condescendre à mon désir, et c'est là que mon ame brisée, renfermée en elle-même, ressentoit avec transport les charmes ineffables de la présence d'un Dieu visible aux yeux de la foi, d'un Dieu toujours dans son temple et accessible à toute heure à ses enfans affligés.

Je reconnoissois, par une douce expé-

rience , combien sont grandes les délices
que l'on goûte dans la pratique de la religion catholique ; délices que j'avois si long-
temps traitées de chimères ou de fruits d'ima-
ginations exaltées , quand ma sœur ou le
comte de Tancredi essayoient de m'en donner une idée. Enfin cette religion , essen-
tiellement divine , que les protestans
regardent comme si peu différente de la
leur , ou à laquelle ils n'attribuent que des
pratiques extérieures ou minutieuses ,
m'offrit , dans cette solitude , d'ineffables
consolations , et m'apprit insensiblement à
goûter une paix peu commune , dans une
situation où , sans elle , j'aurois été capable
de m'abandonner au désespoir.

En arrivant au château de Walsingham ,
j'y trouvai une lettre ; l'écriture m'étoit
inconnue , elle portoit pour adresse : *Au
Lord Walsingham* , et s'il est absent, *pour
lui être remise à son retour*. Je l'ouvris et
je lus :

« La bénédiction céleste est sur toi ; la
» vérité a éclairé ton cœur. Le terme des
» longues inimitiés qui divisent les maisons
» de Tancredi et de Médina, et que par-
» tagent celles de Salisbury et de Walsin-

» gham , doit encore être ton ouvrage.
» Accorde cette dernière satisfaction au
» souvenir de l'amitié d'Hida. »

Ce billet me causa une grande perplexité.
Il étoit impossible qu'il fût d'Hida lui-même,
qui sans doute n'étoit autre que mon libérateur ; et , d'un autre côté , lui n'existant
plus , qui pouvoit connoître tout l'empire
que ce nom avoit sur moi , et ce qui m'étoit
arrivé ?

Je ne balançai pas à seconder des vues
dont ma religion m'imposoit un devoir.
J'écrivis au duc de Médina , lui exposant
que ma conversion et ma religion actuelle
me faisoient gémir des différends existant
entre nos familles. Je savois qu'il étoit
question d'une terre en Murcie dont nous
étions en possession , et qu'ils prétendoient
leur appartenir ; je le priai donc de m'exposer ses droits , lui protestant que j'aimois
mieux renoncer à ce bien , que de le pos-
séder injustement.

Je songeai ensuite à me rapprocher de
la famille de Salisbury , dont la duchesse
actuelle étoit née Médina ; elle n'avoit plus
d'autre enfant du duc de Salisbury , que
sa fille Caroline , le jeune lord Hidalla

6 *

ayant été assassiné en Espagne, et le marquis Arthur de Rosline étant né de son premier mariage. Je pensai que la réconciliation se feroit plus facilement par ce dernier. Ma mère secondoit mes projets ; nous allâmes passer quelque temps à ma campagne, qui touchoit à celle du marquis, et que par cette raison nous n'avions jamais habitée.

Nous savions que le marquis avoit une fort belle galerie presque privée de jour, parce qu'elle n'en pouvoit recevoir que d'une muraille qui donnoit sur nos promenades, et qu'il préféroit souffrir ce désagrément plutôt que de s'exposer à un refus. Après avoir passé quelques jours à notre campagne, je lui écrivis moi-même, lui mandant qu'ayant appris que sa galerie donnoit sur nos avenues et manquoit de jour, je le priois d'y faire percer des croisées autant et à quelle hauteur il jugeroit convenable. Lord Arthur, qui réunit à beaucoup d'esprit une ame franche et loyale, fut touché de ce léger procédé et vint nous faire une visite avec sa sœur Caroline.

Mathilde lui demanda avec empressement des nouvelles de sa chère dona Maria, et

fit avec une sorte de familiarité qui me
surprit ; je m'informai si elle connoissoit
déjà le marquis, et me souvins en même
temps qu'elle l'avoit vu plusieurs fois à Paris.
Le marquis répondit pour elle qu'en con-
duisant dona Maria, il avoit eu, mais rarement, le plaisir de la voir ; ensuite il parla
de l'infortunée Médina, et nous apprit
qu'elle n'existoit plus depuis près d'un mois.
J'ai su depuis qu'elle avoit eu une mort
très-consolante, qu'elle avoit recouvré sa
raison, dans sa dernière maladie, et
qu'elle avoit trouvé, dans la religion, les
secours et les forces si nécessaires pour le
dernier passage.

Mathilde devint fort pâle ; et, sous prétexte de m'occuper d'elle, je cachai mes
larmes et ma douleur. Le marquis ne nous
invita pas à voir son château, et j'en devinai
le motif. Sa mère l'habitoit, et cette dame
paroissoit la plus inflexible sur l'article de
la réconciliation. Mais, comme pour s'en
dédommager, il me proposa de venir à une
de ses terres, sous prétexte d'y prendre le
divertissement de la chasse ; j'acceptai, et
nous nous séparâmes amicalement.

Une autre circonstance nous rapprocha

tout-à-fait ; ma mère me pressoit de me
marier , je refusois , sans avoir de vrai
motif à lui objecter. J'écrivis à dom Silva ,
pour avoir son avis sur l'état que j'embras-
serois ; et, avant d'avoir une réponse à ma
lettre , j'en reçus une , sans aucun timbre ,
qui put m'indiquer d'où elle venoit. Elle
contenoit ce peu de mots : « Il est temps
» de fixer tes irrésolutions ; la Providence
» a tout préparé pour l'exécution du vœu
» le plus cher d'Hida. Unis à ton sort
» mademoiselle Caroline de Salisbury , et
» fais le bonheur de ta sœur Mathilde par
» une double alliance. *Ton ami.* »

L'écriture étoit bien la même que le pré-
cédent ; je fis d'inutiles recherches sur
l'auteur de ce billet. Le même jour je pro-
posai à lady Walsingham de demander pour
moi la main de mademoiselle De Salisbury ;
je lui fis sentir que si cette jeune personne
perdoit sa mère, le marquis de Rosline
l'uniroit à un réformé selon toute apparence ; cette raison toucha sensiblement
ma mère, qui approuva mon dessein ; le
marquis ne fit aucune difficulté ; la duchesse
de Salisbury donna son consentement , et
ce mariage fut le sceau de la parfaite réconciliation de nos deux familles.

Peu après mon mariage ; Arthur de
osline demanda la main de ma sœur. La
ifférence de religion arrêtoit ma mère ; et
Iathilde elle-même , quoique son cœur eût
ès long-temps apprécié toutes les qualités
u jeune marquis , balançoit entre le désir
e se consacrer au salut d'une ame si chère
t la crainte plus fondée de se plonger dans
n abîme de malheurs. Sa mère sentoit la
élicatesse de cette situation. Nous avions
out lieu d'espérer que le marquis de Ros-
ine , resté seul protestant au milieu de sa
amille , se laisseroit éclairer des lumières
le la vérité, si elle lui étoit annoncée par une
emme qu'il chérissoit, et dont la piété pour-
oit , plus que bien d'autres , obtenir du
Ciel une grâce aussi précieuse. D'un autre
côté , Mathilde sentoit profondément le
langer d'une démarche que l'Eglise désap-
prouve , dont souvent elle gémit et qu'elle
ne tolère qu'à des conditions que la partie
catholique a rarement la force , le courage
ou la possibilité d'accomplir.

Dans cette cruelle incertitude , elle alla
consulter un pieux solitaire de notre famille
qui , seul échappé à la destruction d'une
abbaye détruite par les sectaires de John

Knox, vivoit dans une grotte où l'humble
hermitage élevé par ses mains étoit devenu
l'asile des malheureux et la consolation des
affligés. Il la reçut avec ce visage serein et
compâtissant, que donne le témoignage
d'une ame élevée par la contemplation au-
dessus de la région des peines et des vicissitudes humaines ; il l'écouta avec une profonde attention ; et, après un moment de
silence, pendant lequel il pria l'Esprit de
conseil, il lui dit : « Mon enfant, votre
» famille a fait bien des sacrifices et des
» démarches en faveur de la paix et de la
» charité chrétienne ; pour vous, il vous
» en est réservé d'une autre nature. Toute
» votre vie sera une offrande d'abnégation
» et de renoncement, dont l'unique but et
» la récompense seront le salut d'Arthur.
» Vous savez à quels titres il doit m'être
» cher ; l'amour du sang ne m'égare cepen-
» dant point aujourd'hui, et je ne vous
» engagerois à rien sans l'assurance que le
» Ciel m'a donnée plus d'une fois, que mes
» larmes et mes prières seroient exaucées,
» et qu'une couronne brillante étoit réservée
» à mon neveu dans la céleste Sion ; allez,
» que toutes les bénédictions du Ciel

tombent sur vous, et n'oubliez jamais que le
bonheur n'est point pour ce monde , mais
que la religion attache un prix infini aux
peines que nous souffrons pour notre
Dieu. Demandez les dispenses de Rome ;
faites-en la règle de votre conduite , et
supportez toutes les difficultés de l'état
que vous choisissez, en songeant au temps
futur où elles seront changées en jouissances stables et éternelles. »

Le vieillard se tut, et sans vouloir s'expliquer davantage , il donna sa bénédiction
à Mathilde et lui fit signe de retourner au
château. Mathilde alors ne nous rendit pas
compte de sa visite au respectable cénobite ,
et ce ne fut que long-temps après qu'elle me
la raconta. Elle se contenta des motifs
connus qui pouvoient favoriser son mariage
avec Arthur; ma mère y donna son consentement; et, les dispenses étant obtenues,
ils furent unis.

Pour moi, j'aurois été heureux avec la
plus vertueuse des femmes , si le souvenir
d'une première faute et des maux qu'elle
avoit causés à dona Maria et à mon libérateur , n'eussent répandu sur ma vie une
empreinte de malheur , que le temps n'effa-

cera jamais. La religion et ses espérances
éternelles peuvent seules me faire supporter
mes peines.

La mort de ma mère, qui eut lieu peu
après l'hymen de ma sœur, fut suivie de
celle de dom Silva. Sa dernière lettre avoit
été une félicitation de mon mariage ; sa
perte me ravit une source de consolations....
Mais cependant mon cœur, déchiré des
regrets, n'est ni seul ni abandonné. Une
Ami plus puissant que tous ceux d'ici-bas,
Celui-là seul qui dispose des événemens
heureux ou malheureux, veilla sur moi,
reçut mes larmes, et promit à mon repentir
le pardon de mes égaremens ; j'ai donné à
mon premier fils le nom d'Hida, ce qui
contribue à me le rendre plus cher. Hélas !!
si je dois le perdre aussi, que les arrêts du
Ciel s'accomplissent ; mais que l'Etre immuable qui l'appellera à lui, daigne donner
à son malheureux père la force de se sou-
mettre à sa sainte volonté, et de bénir ses
décrets adorables jusqu'au dernier instant
de sa vie !...

Henry avoit terminé son récit : Lorenzo,
le visage couvert de ses deux mains et
penché sur le bord du lit, ne nous permet-
toit pas d'observer les diverses impressions
qui partageoient son ame. — « Jugez ,
» ajouta lord Walsingham , de l'émotion
» que me causa le chevalier Lorenzo (du
» moins je pense que c'étoit lui) en m'adres-
» sant l'autre soir presque les mêmes paroles
» qu'Hida m'avoit dites dans la prison où
» d'autres motifs m'avoient jeté dans un
» semblable désespoir. Non-seulement ses
» paroles.... mais le son de sa voix.... d'ail-
» leurs les circonstances sont si extraordi-
» naires; privé de la vue, inconnu et vou-
» lant l'être.... »

L'entrée du marquis de Rosline nous interrompit. Sur le lit d'Henry étoit resté ouvert le premier billet anonyme qu'il avoit reçu et qu'il m'avoit montré. Lord Arthur, après s'être informé de l'état de son beau-frère, le vit et le prenant....

« Est-ce à vous, me dit-il vivement, c'est » l'écriture de mon frère !... — Votre » frère !!!... Hidalla de Salisbury ?....... » C'est impossible, dit Henry avec un grand » trouble. — C'est cependant le même ca- » ractère et sa signature, car il abrégeoit » ordinairement son nom de cette ma- » nière. »

Henry pâlit ; une vive rougeur couvrit le front de Lorenzo que j'observois. Henry serrant ma main avec un mouvement con- vulsif. — « Grand Dieu ! Hida seroit lord » Hidalla de Salisbury, alors mon ennemi ! » Il faudroit qu'il eût été un ange ! »

— « N'étoit-il pas catholique ? reprit » Lorenzo à voix basse, et avec un doux » sourire, la charité chrétienne admet-elle » des restrictions et des bornes ?... »

— « O mon bien-aimé frère ! interrom- » pit lord Arthur, qui plongé dans un sen- » timent profond du souvenir d'Hidalla,

» n'écoutoit pas notre entretien et ne re-
» marquoit pas le trouble d'Henry ; ô mon
» bien-aimé frère !... Qui de vous pourroit
» donc me donner des détails de sa mort ?
» — Il doit exister s'il a écrit ces lignes,
» reprit Henry ; je les ai reçues long-temps
» après le bruit de son assassinat près de
» Madrid. »

— « Mais, mylord, demanda Lorenzo,
» en s'adressant à lord Arthur, lui aviez-
» vous jamais pardonné d'avoir embrassé la
» religion catholique ? » Quelques larmes
» brilloient dans les yeux du marquis. — « Il
» aura dû en douter, dit-il avec tristesse,
» parce que je n'ai jamais répondu à sa
» lettre sur cet article ; mais, loin de lui en
» vouloir, je n'accusois que dom Silva qui
» l'avoit séduit, et jamais il ne m'en fut
» moins cher.... mais, Lorenzo, expli-
» quez-vous ; vous l'avez donc rencontré ?...
— Oui, en Espagne, j'ai possédé sa confiance ; il parloit fort souvent de son frère
Arthur, qu'il n'avoit jamais vu. — Non,
parce qu'il est né lorsque j'étois au collége ;
et, quand je revins à la maison, il étoit
en voyage avec un parent qui l'avoit
élevé ; mais pouvez-vous l'avoir connu

» et quels rapports ?.... » Le ton du marquis annonçoit un doute d'incrédulité qu'il
ait jamais pu y avoir des rapports entre le
galérien Lorenzo et le jeune héritier de
Salisbury.

Un léger sourire entr'ouvrit les lèvres
de ce premier. — « Je l'ai connu mieux
» que vous, mylord, reprit-il, et j'ai
» approfondi mieux que personne l'atta-
» chement qu'il vous conservera jusqu'au
» dernier soupir. — Vous pensez donc qu'il
» existe ? »

— « J'en ai la certitude ; mais il ne vous
» sera jamais rendu ; il ne reverra plus son
» frère !... » Lorenzo appuya sa main sur
son front ; et, avec un accent qui partoit
du fond de l'ame : — « Dieu puissant !
» ajouta-t-il plus bas, il t'en a fait le sacri-
» fice, lui rendras-tu ce frère chéri pour
» l'éternité ? Ouvriras-tu les yeux d'Arthur
» aux rayons de l'immuable vérité ?... »

— « N'a-t-il pas été attaqué entre Madrid
» et **** ? demanda Henry, toujours dan
» le plus grand trouble. — Oui, attaqué
» blessé, mais il n'est pas mort. — Et
» aujourd'hui quel lieu, quel climat habite-
» t-il ? quel sort est le sien ?... — Il es

» heureux ! heureux du bonheur de ce
» qu'il aime. »

— « Vous savez où mon frère existe et
» vous m'en feriez un mystère , s'écria
» vivement le marquis , en saisissant la
» main de Lorenzo. » Celui-ci serra la
sienne et la pressa avec feu contre ses
lèvres. — « Laissez-moi respecter un secret
» inviolable, ô lord Arthur , un secret qui
» doit mourir avec moi. » Puis il me dit
que notre conversation exposoit la santé
de lord Henry ; et, se retirant sous ce
prétexte , il alla à la chapelle , où , l'ayant
suivi , je le vis baigné de larmes et priant
avec une ferveur extraordinaire. Il y de-
meura jusqu'au dîner.

Henry vint à table ; son fils étoit très-
bien et fort gai ; le repas se passa néanmoins fort silencieusement ; le marquis
étoit absorbé dans ses réflexions, Henry
souffrant , milady Walsingham inquiète ,
et Lorenzo assez abattu.

Vers la fin du dîner , le petit Hida sauta
sur les genoux de son père ; et, s'efforçant
de l'amuser par mille petites folies, il tira
hors de son sein la petite croix de saphir et
la lui demanda. Lord Walsingham la lui fit

baiser, lui disant avec une douce gravité :
« Ce n'est pas un joujou, mon enfant, c'est
» une Croix, voyez, c'est l'image de Jésus-
» Christ, qui a tant souffert pour nous. »
L'enfant la baisa avec un respect qui me
charma.

Le marquis de Rosline s'arrachant rapidement à ses réflexions. « — De grâce,
» cher Henry, de qui pouvez-vous tenir
» ce crucifix ?..... — Le connoîtriez-vous ?
» Celui qui me l'a donné l'avoit reçu d'un
« frère tendrement chéri. — C'étoit donc
» mon malheureux Hidalla. Comment et
» dans quelle circonstance ?.... — Il m'est
» impossible, répondit Henry vivement
» ému, de vous cacher plus long-temps....»
A ces paroles, Lorenzo saisit sa main avec
feu ; et, d'un ton ferme et imposant : —
« Souvenez-vous, Henry, que ce secret
» n'est pas le vôtre, et ne violez pas une
» promesse sacrée déjà trop peu respectée.
» — Qui donc vous a mis au fait, reprit
» Henry, d'une circonstance la plus secrète
» de ma vie?— N'importe, je la connois, et
» vous conjure au nom d'Hida....
— « Vous voulez, Lorenzo, l'empêcher
» de m'instruire du sort de mon frère !....»

Lord Arthur mit dans ses paroles une sorte
l'emportement qui m'alarma, car je connoissois son extrême vivacité. — « Son sort,
» Henry l'ignore aussi bien que vous; et la
» circonstance de sa vie qu'il vouloit vous
» découvrir, ne vous l'eût pas fait connoître
» et doit demeurer ensevelie dans nos
» coeurs. »

Pendant ce discours, moi, qui voyois
qu'Hida, la généreuse victime sacrifiée pour
Henry, n'étoit autre chose, que le frère
du marquis; j'éprouvois toute l'angoisse qui
remplissoit l'ame de lord Walsingham, au
souvenir des malheurs dont il avoit été la
cause.

— « Il vous a donné cette croix, reprit
» le marquis, avec l'expression d'une pro-
» fonde tristesse, peut-être ne vouloit-il
» plus rien de son frère ?.... — Ah ! n'ou-
» tragez pas sa tendresse, interrompit vi-
» vement Lorenzo, il devoit alors se sépa-
» rer de ce crucifix; *mais la chaîne de vos*
» *cheveux qui le suspendoit, ne l'a jamais*
» *quitté un seul instant, et il la portera jus-*
» *qu'à son dernier soupir.* »

Lorenzo se tournant alors vers moi : —
« Ne trouvez-vous pas, me dit-il, que

» l'expression de ce Christ est inimitable ;
» plus on l'approfondit, plus on se sent
» pénétré du sentiment de résignation et
» de paix qu'il inspire. -- Vous n'avez
» donc pas toujours *été* aveugle, vous l'avez
» donc vu, Lorenzo ? dit Arthur. — Oui,
» lorsqu'Hidalla le portoit. — Et peut-on
» savoir où votre liaison avec mon frère a
» commencé, et quelles circonstances vous
» ont rapprochés ? » Lorenzo sourit. — « Je
» me suis souvent trouvé à Paris aux cercles
» du duc de Guise, lorsqu'il y étoit, et
» l'ambassadeur d'Espagne, avec qui j'étois
» fort lié, étoit aussi son intime ami.»

Le marquis jeta sur moi un regard de
surprise, nous savions seuls dans quelle
situation nous l'avions trouvé. Après un
long silence. — « C'est une barbarie de
« votre part, s'écria lord Arthur, vous
» savez où vit, où est mon frère, je don-
» nerois mille vies pour le serrer un mo-
» ment dans mes bras, vous me refusez
» cette jouissance, est-ce là le prix.... —
» De vos bienfaits, reprit Lorenzo ? —
» Non, ajouta lord Arthur, dont l'ame étoit
« aussi grande que généreuse, mais de
« mon affection, je n'ai rien fait pour vous,

» j'ai voulu acquérir un ami , que j'estime
» et que j'aime, et que j'espérois devoir
» s'intéresser à mon bonheur , comme je
» désire le sien. — Epargnez-moi, reprit
» Lorenzo , d'une voix très-altérée : O Ar-
» thur..... si vous aimez votre frère.....»
Une pâleur mortelle couvrit son visage , je
vis qu'il se trouvoit mal, nous lui prodi-
guâmes de prompts secours et le condui-
sîmes à sa chambre, où je restai seul près
de lui.

Il étoit fort calme , je lui lus , sur sa demande , le 13.ᵉ chapitre du 4.ᵉ livre de
l'Imitation de J.-C. Nous passâmes une
partie de l'après-dîner ensemble. Vers les
cinq heures, je lisois cet ouvrage des contradictions de nos églises, lorsque tout-à-coup,
je vis le marquis debout derrière moi les bras
croisés sur sa poitrine. Depuis quand étoit-
il là ? ce fut la première question que je
me fis à moi-même.

Au mouvement de ma surprise, il m'ôta
le livre des mains, et lut le titre, puis le
jetant à terre avec emportement : — « C'é-
» toit donc là le prix que vous réserviez
» à mes bontés, traître Lorenzo ! séduire
» mon pupille, lui faire à loisir prendre

» le poison de vos superstitieuses erreurs,
» porter le trouble et la discorde dans sa
» famille et la mienne; est-ce là la recon-
» noissance que j'avois lieu d'attendre d'une
» ame que j'estimois susceptible de délica-
» tesse et d'honneur ? »

La colère du marquis altéroit sa voix. —
« Devois-je éloigner, avec tant de soin,
» continua-t-il, tous ceux qui pouvoient
» séduire l'innocence de Sidney, le confier
» à vous seul, me fier à vos mœurs que
» j'aurois pu croire sans témérité.... »

Il s'arrêta un moment et j'admirai depuis
que, tout hors de lui-même qu'il étoit, il
n'insulta pas personnellement Lorenzo,
et n'abusa point de la connoissance qu'il
avoit de l'humiliante situation où nous l'a-
vions trouvé.

— « Enfin je me reposois sur votre hon-
» neur, reprit-il avec une nouvelle véhé-
» mence. — Ai-je altéré ses mœurs ou cor-
» rompu son innocence ? répondit douce-
» ment Lorenzo. — Vous avez fait plus,
» s'écria Arthur dont la colère croissoit à
» chaque instant, vous avez troublé sa
» foi ; vous avez fasciné son esprit par les
» faux charmes d'une doctrine erronée ;

» peut-être déjà vous avez détruit le bon-
» heur de toute sa vie ! Oui, Lorenzo,
» vous avez perdu sans retour mon estime
» et ma confiance. Rien ne vous sera re-
» fusé ; mais Sidney, ni moi, ne vous re-
» verrons jamais !.... »

A ces paroles, Lorenzo se précipita aux
genoux du marquis. — « Arthur, s'écria-
» t-il, avec l'expression la plus forte, en-
» ferme-moi dans quelque cachot, prive-
» moi de la liberté ; j'en ai fait le sacrifice
» avant ce jour ; prive-moi de tout ; mais
» laisse-moi quelquefois encore espérer ta
« présence, entendre cette voix chérie,
» mon plus grand bonheur ici-bas, ô Ar-
» thur !.... »

Il laissa tomber ses bras qui entouroient
les genoux du marquis de Rosline, et de-
meura sans mouvement à ses pieds. Je
voulus me pencher vers lui. Lord Arthur
me repoussa avec indignation. — « Je ne
» veux plus que vous l'approchiez, me dit-
» il avec une violence qui m'effraya. »
Arthur avoit un excellent cœur ; mais il ne
savoit pas maîtriser l'impétuosité de son
caractère ; et je l'avois vu rarement dans
une aussi grande exaspération.

Je demeurai debout, le considérant en silence. Il prit un verre d'eau, en jeta sur
son visage; et, ce secours étant inutile,
il écarta ses vêtemens, pour lui donner de
l'air. J'allois ouvrir une croisée, quand,
tout-à-coup, le marquis m'appela avec un
trouble et une altération qui me saisirent;
je volai à lui. Plus pâle que Lorenzo, il me
fit signe de sonner son domestique; et,
prenant mon ami dans ses bras, il le posa
sur son lit. Je le suivis, tremblant que
Lorenzo n'existât plus, et j'observai lord
Arthur avec une inexprimable anxiété.

Il le pressoit contre son cœur. — « Re-
» viens à toi, dit-il, avec l'accent du
» désespoir, reviens pour moi! rends-
» moi ce que j'ai de plus cher au monde!...
» Grand Dieu, continua-t-il, ô Lo-
» renzo!..... quel nom te donnerai-je!
» dans quel état m'es-tu rendu!!!.... »

Nous étions occupés à prodiguer nos soins à Lorenzo , lorsque lord Walsingham entra. Ne sachant à quoi attribuer le trouble où il nous voyoit, il s'approcha du lit. Lorenzo entr'ouvrit les paupières; le marquis s'éloigna un peu , et le contempla quelque temps en silence. — « Suis-je seul !.... » dit Lorenzo ? » Lord Arthur nous fit signe de ne faire aucun mouvement. — « Oui, seul , encore séparé de tout , con-
» tinua Lorenzo , ta volonté est sainte , ô
» Dieu puissant , à qui j'ai offert jusqu'au
» dernier souffle de ma vie ! que ton nom
» adorable soit béni ! Je me remets entre
» tes mains, tu ne m'abandonneras jamais.
» Sidney , Henry.... et vous , Arthur ,

8

» l'être ici-bas le plus cher à mon cœur,
» c'est donc vous !.... Mais non, c'est mon
» ouvrage, je ne dois rien regretter....»
Puis, couvrant son visage de ses deux
mains : — « Je ne suis sans doute plus chez
» Henry !.. peut-être seul pour toujours !...
» ou dans des mains inconnues. O Dieu,
» je te bénirai encore ; tu m'as du moins
» laissé connoître Arthur, et donné des
» souvenirs qui embelliront le reste de
» ma vie. » Il se jeta à genoux sur son
lit. — « Pardonne, continua-t-il, et reçois
» des pleurs qui ne peuvent t'offenser. »
Il fondit en larmes, le marquis le prit entre
ses bras, l'y pressa long-temps sans pouvoir
proférer une parole ; à la fin faisant un
effort pour renfermer toutes ses émotions. « — Lorenzo, dit-il avec un calme
» forcé, vous êtes avec moi, vous ne me
» quitterez jamais. J'ai cependant des droits
» sacrés à votre confiance, je la réclame,
» je l'exige, je vous conjure de me l'ac-
» corder. »
Toute l'ame du marquis de Rosline ani-
moit ces paroles, dans lesquelles brilloient
sa fierté naturelle, sa bonté, et la plus
tendre affection. — « Des droits !.,... reprit

» Lorenzo, ils sont incontestables; mais
» vous ne les connoissez pas. Non, lord
» Arthur, et jamais.... » Il paroissoit, en
parlant, éprouver encore les émotions les
plus vives. Le marquis l'étendit sur le lit, le
pria de prendre un peu de repos. — « Soyez
» sans inquiétude; ajouta-t-il, je ne vous
» affligerai plus, conservez-vous pour moi,
» c'est ma seule et unique prière. » Il sortit
avec Henry, me priant de rester près de
Lorenzo; ce qui mit le comble à la surprise
que me causoit sa conduite.

Nous nous réunîmes à l'heure du souper;
Lorenzo dormoit profondément. Le marquis
étoit triste et pensif. — « Voudriez-vous me
» dire, demanda-t-il à Henry, comment
» vous avez connu mon frère lord Hidalla
» de Salisbury, et si vous n'avez aucun
» souvenir de ses traits ?— Je voudrois pou-
» voir vous donner des détails, mon cher
» Arthur, mais ils se réduisent à peu
» de chose, je n'ai jamais vu Hidalla,
» je l'ai moins connu encore, la seule en-
» trevue que nous eûmes ensemble, a eu
» lieu dans un endroit privé de lumière;
» il m'a rendu un service important, car
» je lui dois la vie et plus encore; du reste,

» c'est vous qui m'avez appris que les deux
» billets que j'ai reçus depuis, viennent de
» lui. »

Le marquis remercia son beau-frère et
parla promptement d'autre chose. Sur la
fin du souper, il annonça à Henry qu'il
avoit mandé à la marquise de Rosline son
épouse, de le joindre à Remember-Hill, ce
que le comte de Walsingham apprit avec
d'autant plus de plaisir, qu'il chérissoit sa
sœur et que, Caroline et Mathilde étoient
extrêmement liées.

J'allai voir Lorenzo avant de me retirer ;
il s'éveilla ; je lui dis que la marquise alloit
venir nous rejoindre ; il changea de cou-
leur : — « Je ne puis absolument voir cette
» dame, me dit-il, je la connois parfai-
» tement, et j'ai des raisons essentielles
» pour éviter sa rencontre. » Je m'empres-
sai de lui promettre qu'il pourroit garder
une entière solitude, car je le voyois très-
ému. Ensuite, je lus quelque temps près
de lui, et il se rendormit légèrement. J'en
profitai pour aller trouver lord Arthur, afin
de lui demander que Lorenzo ne vît point
son épouse. — « Je m'y attendois, répon-
» dit le marquis avec un profond soupir,

» mais je sais déjà tout ce qu'il veut me
» cacher; tranquillisez-le, promettez-lui
» tout, veillez à ce que rien ne l'affecte,
» je donnerois ma vie pour le rendre heu-
» reux.... »

Ensuite, me faisant asseoir près de lui,
et prenant ma main : — « Vous méritez
» des reproches, Sidney ; vous avez man-
» qué de confiance envers votre meilleur
» ami, vous avez fait ce que vous saviez être
» contraire à votre devoir ; et, quand nous
» agissons contre notre conscience, la pre-
» mière suite de cette faute, est la défiance
» envers ceux que nous devons respecter, et
» qui nous dirigent ; je vous pardonne ce-
» pendant, et j'excuse le zèle de votre
» malheureux ami ; j'espère au moins que
» vous me direz du fond de votre ame, si
» ces lectures vous ont fait quelque mau-
» vaise impression !

— « Mauvaise, non sans doute, mylord,
» et je vous avoue, que peut-être ce livre
» ne m'en auroit fait aucune, sans la con-
» duite angélique de Lorenzo, et de l'édi-
» fiante famille de lord Henry. Celui-ci en
» particulier m'a parlé de sa conversion,
» de plusieurs positions affreuses où il s'est

8 *

» trouvé, et j'ai senti qu'il lui avoit fallu
» une force extraordinaire et une vertu
» plus que médiocre pour pouvoir s'y sou-
» mettre avec résignation. La manière ad-
» mirable dont Lorenzo souffre, à son
» âge, la privation de toutes les jouissances
» de la vie, ne peut lui être inspirée que
» par une religion sainte et vraie. Si vous
» l'observiez dans le sanctuaire, absorbé
» dans la présence de son Dieu, vous pen-
» seriez comme moi ; et vous voudriez, au
» moins, vous éclairer. C'est mon dessein ;
» mais je ne l'ai encore communiqué à
» personne, voulant, mylord, vous con-
» sulter auparavant. »

— « Je ne vous blâme pas, Sidney ;
» j'aime votre confiance, et je l'apprécie
» d'autant plus que je la considère comme
» nécessaire à votre bonheur. Vous êtes
» jeune, mon cher enfant, et sans expé-
» rience ; où trouverez-vous des conseils
» plus désintéressés que ceux que vous
» offre ma tendresse ? Je veux vous prou-
» ver combien votre franchise me touche
» en vous ouvrant aussi mon cœur. Vous
» avez dû remarquer le changement subit
» de ma conduite envers Lorenzo ; vous ne

» m'avez fait aucune question ; j'aime à
» croire que la délicatesse et non la crainte
» a été la cause de votre silence. Au moment
» où je voulois lui rendre l'usage de ses
» sens, j'ai découvert à son cou la chaîne
» de mes cheveux, que, peu d'heures au-
» paravant, il m'avoit assuré n'avoir jamais
» quitté Hidalla. Jugez de mon trouble, de
» ma douleur et de ma joie. Je ne serai
» néanmoins convaincu pleinement, que
» lorsque mon épouse, qui a connu parti-
» culièrement mon frère en France, l'aura
» vu. La résolution de Lorenzo d'éviter sa
» présence confirme tous mes doutes. »

J'étois si pénétré de la confiance du marquis, que je pressai sa main contre mes
lèvres, sans pouvoir lui répondre. Il étoit
aussi ému que moi, et nous nous séparâmes, l'esprit et le cœur préoccupés de
tout ce dont nous venions d'être témoins.

Je dormis peu ; le lendemain, je passai
presque toute la journée près de Lorenzo.
Le soir du jour suivant, lord Walsingham
me pria de venir souper à la salle à manger,
sa sœur, la marquise de Rosline, étant
arrivée.

Je fus présenté à lady Mathilde ; elle étoit

à peine âgée de 22 ans, parloit le français et l'italien avec beaucoup de goût, et réunissoit tous les talens d'une brillante éducation française. Son époux l'aimoit, la respectoit, et il étoit payé d'un juste retour ; elle se livra aux transports de la joie la plus vive en revoyant Arthur, Henry, et les enfans de celui-ci, qu'elle ne connoissoit pas ; puis, prenant dans ses bras le petit Hida. — « O mon Dieu ! dit-elle à demi-» voix, combien il me rappelle Hidalla ! » Ces paroles me confirmèrent dans mes doutes sur Lorenzo, car j'avois été frappé de sa ressemblance avec le fils aîné d'Henry ; mais, attribuant cette idée à mon imagination, je n'avois point voulu la communiquer.

Le lendemain matin, j'étois près de mon ami, à lire, lorsque le marquis entra avec son épouse ; il me fit signe de n'en rien témoigner ; elle étoit prévenue, elle considéra long-temps Lorenzo ; ses yeux se remplirent de larmes ; et, faisant connoître à Arthur que ses doutes n'étoient que trop bien fondés, elle sortit de l'appartement pour dissimuler sa profonde douleur.

Le marquis, s'asseyant près du lit de son

rère, prit sa main. — « Lorenzo, lui dit-il
avec une forte émotion, il n'est plus temps
de feindre, et de renfermer ma tendresse
et ma peine. Mon cœur se refuse à vous
donner encore ce nom étranger, puisque
j'ai retrouvé en vous l'objet de mes premières affections, mon Hidalla, mon
frère !... La chaîne de mes cheveux et le
témoignage de Mathilde, qui vous a vu,
ne me permettent plus d'en douter ; il
ne me reste qu'à obtenir de vous une
confiance que vous ne pouvez me refuser
sans barbarie, un aveu entier de vos
malheurs, et des circonstances qui vous
ont réduit dans l'état où je vous retrouve.
Si la jeunesse t'a égaré, ô mon frère,
ouvre-moi ton ame, et ne crains rien ;
toute excuse et tout pardon sont au fond
de mon cœur, brisé de douleur à l'idée
de ce que tu as souffert. »

En achevant ces mots, il appuya son
front sur la main de Lorenzo, qu'il mouilla
de quelques larmes. Celui-ci, jetant ses
bras autour de lui. — « Le Ciel est plein de
» miséricordes et d'amour ! Que le Dieu de
» toute bonté soit à jamais béni !... Je ne
» mérite pas ce bonheur ; mais, puisqu'il

» me l'envoie, je ne résisterai plus à la
» jouissance ineffable de vous presser contre
» mon cœur, et de vous appeler *mon frère*.
» Quant à ma confiance, elle sera entière.
» Elle vous est due ; je ne passerai sous
» silence que le nom des personnes que
» mon récit pourroit compromettre. » Le
marquis de Rosline l'embrassa ; et, le
trouvant fort agité, il l'engagea à reposer,
lui promettant que plus tard nous nous
rassemblerions dans son appartement ; car,
depuis deux ou trois jours, il avoit eu fré-
quemment la fièvre, et sa santé souffroit
évidemment des vives et nombreuses émotions qu'il avoit éprouvées.

www.ingramcontent.com/pod-product-compliance
Lightning Source LLC
Chambersburg PA
CBHW071112260626
47162CB00006B/2300